おんなの女房

蝉谷めぐ実

JN167391

目次

【主な登場人物】

志乃《しの》　歌舞伎のことを何ひとつ知らず、燕弥のもとへ嫁いだ武家の娘。

喜多村燕弥《きたむらえんや》　江戸三座のひとつ、森田座の若女形《わかおやま》。平生を女として生きる。役者紋は抱き燕《つばめ》、屋号は乙鳥屋《つばくら》。

お富《とみ》　寿太郎の女房。

初野寿太郎《はつのじゅたろう》　森田座の名題役者。役者紋は踊り蟹《がに》、屋号は十海屋《とおみ》。

お才《さい》　森田座の座頭、駒髙屋理右衛門《こまだかりえもん》の女房。

木嶋仁左次《きじまにさじ》　森田座の名題役者。燕弥と男女の間柄を演じる。役者紋は四つ菖蒲《しょうぶ》、屋号は玉蟬屋《たまぜみ》。

善吉《ぜんきち》　燕弥の世話をする奥役。志乃に芝居の色々を話して聞かせる。

堀田忠信《ほったただのぶ》　志乃の父親。出羽の米沢藩に仕える下士。

呼よび
込こみ

おっとそこ行く鎌輪《かまわ》ぬ文様の大旦那《おおだんな》。

ちょいとあちら行く高麗屋《こうらいや》格子《ごうし》の別嬪《べっぴん》さん。

足を止めなすったね、こちら行く斧琴菊《よきこときく》のご家族一行。

台の上から御免なすって、道行く皆々様方のお耳をちいとご拝借。

この森田《もりた》座の木戸芸者が二人、本日の芝居のご案内ご案内ぃ。

あら、絵本番付《えほんばんづけ》を茶屋で購《あがな》って、役割をきちんと頭に入れてきた？

だめだめ、そいつで満足していちゃあ芝居の素人《とうしろう》。

あっしの読み立てにこいつの役者声色《こわいろ》真似尽くしを聞いてはじめて、今日の芝居を楽しめるってもんだ。なにせあっしは声千両……おや、いつの間にやらこんなにお人が。よしよし、そんなら、こほんと一つ。

とざい、とーざい。

ときは文政《ぶんせい》、頃は皐月《さつき》。

一人のある若女形《わかおやま》が春の雷の如く、ぴしゃりと檜《ひのき》舞台に現れるところから、芝居は始まるのでござります。この女形《おんながた》を芯《しん》に据えたいところではありやすが、残念至極、この女形の女房というのがしゃしゃり出て、女房の語りで話は進む。武家から嫁いだこの女、芝居を知らず、役者も知らず、武家のお仕来《しきた》りを舞台に持ち込む面皮の厚さ。ああ、なんと哀れな若女形。それでも、女形は芝居に命をかけている。周りの役者たちの助けも借りて、難役をこなしてのし上がっていくのです。しかし、女房は金子《きんす》のことしか考えちゃあおりやせん。小屋に乗り込み、舞台に上がり、己の夫の足を引っ張る様はまるで獄卒。

さあさ、この女形とその女房、一体どんな大詰めを迎えるのか。

是非に是非に、皆々様の御目でしかとお確かめぇ。

あ、いちどきに鼠木戸《ねずみきど》に押し寄せないで。木戸札はきちんと袂《たもと》から出して木戸番にお渡しを。順繰りにくぐってくださいましね。

一、時姫

燕《つばめ》に菖蒲《あやめ》の絵付けがされたお猪口《ちょこ》が二つ、こちり、こちりと目の前に置かれる。猪口から指を離す際、人差し指の爪でざりんと畳の目を引っ掻《か》いていくところは、いかにも苛立《いらだ》っておりますといった感じだが、志乃《しの》はいくらかほっとしていた。先月みたく煙管《キセル》の灰をそこら中に撒《ま》き散らされることはないし、「その右のお猪口」と言いつつ、指で指し示してくれる気遣いも、先月とはまるでお人が変わったようにお優しい。

「こちらが昨日、お志乃さんが購《あがな》われた紅」

志乃は猪口ににじりより、おずおずと中を覗《のぞ》き込む。猪口の内側には紅が塗り込められている。赤で、艶々《つやつや》、金箔《きんぱく》はなし。うん、と一つ志乃は頷《うなず》く。

「こちらが今日までわたしが使っておりました紅」

左の猪口に首を動かす。赤で、艶々、金箔はなし。うんうん、と二つ志乃は頷く。

「なにが違うか分かりませぬか」

言われて、志乃はびくりと肩を震わせた。

「分かりませぬか」

重ねて問われても、揃った三拍子に指折り満足していた志乃には、まったくもって分からない。ふうと深いため息が聞こえて思わず身構えたが、煙草盆が引き倒される音は聞こえてこない。

こわごわ顔を上げるとその人は、唇の端で薬指の先を食《は》んでいた。志乃の目に気づくと、袖口《そでぐち》で口元をそっと隠し、濡《ぬ》れた薬指の腹で左の猪口の内側を素早く撫《な》ぜる。ほら、どうです、と手の甲に擦り付けられた赤は、その人の、新芽の薄皮を一枚剝《む》いたかのような透いた肌にはよく映えた。

「色がきれいに伸びるでしょう。これこそ質の良い紅の証立《あかしだ》て。最上《もがみ》の紅花で作った紅餅《べにもち》は粘りがあって、こいつを絞ってできた赤は、唇の皺《しわ》の間に吸い付いて離れない」

そこで一旦《いったん》言葉が切れて、小首がちょんと傾げられる。志乃が慌てて袂《たもと》から杉原紙《すいばら》を取り出せば、目の前にある口端は分かりやすくつり上がる。

「左の伊勢《いせ》屋も右の玉《たま》屋もどちらも吸い付きのいい上物ではありますが、わたしの唇は上より下がほんのぽっちり厚いので、より赤の濃い伊勢屋のものが入用です」

言われたことを手元の紙に書きつけながら、志乃はちらりとその人を見やる。どうやら今回のお人は随分とおとなしい女人らしい。やっぱり、先月とはまるでお人が変わったよう、と思ったところで、志乃はううん、と首を横に振る。まるで、も、よう、も必要がない。

だって、この人は本当に、お人が変わっているんだもの。

「お志乃さんなら、わたしが使っている紅くらいお分かりになると思っていたのですけれど」

その下がり眉《まゆ》にもお初にお目にかかりまして、と思いつつ、志乃は額を畳に近づける。

「申し訳ございません。次は必ず手抜かりのないよう」

「それはようございました」

体を起こせば、そこには卵の白身だけを泡立てたような柔《やわ》い笑み。志乃がほうっと胸を撫で下ろしたのも束の間のことで、

「では、お気をつけて」

「え」

志乃は思わず声を上げた。その人は口の端に笑みを泡立たせたまま、なおも言葉を繰り返す。

「お気をつけて、いってらっしゃいまし」

「ですが、今日はその、蛭子《えびす》屋さん、質屋が家に訪ねてくることになっていて……」

「蛭子屋ならよかった。馴染《なじ》みになら, わたし、紅なしでも顔を出せますもの」

「顔を出すって、蛭子屋さんに会われるおつもりですか?」

あなたのようなお姫様《ひいさま》が。

口からぽとり零《こぼ》れ落ちた体《てい》で呟《つぶや》いてみたが、その人の顔の上では眉毛の一本たりとも動かない。

「だって、誰かが蛭子屋に言付けなければいけないでしょう。お志乃さんなら伊勢屋に紅を購いに行っていて、家内にはおりませんよと」

ここで志乃は確信した。

今日は随分漬け込まれている日だ。

こうまで漬かっていれば、志乃のどんなご提言にも耳を傾けてはもらえまい。諦《あきら》め、志乃は紅猪口を袂に入れて立ち上がった。部屋の出口に足を進めつつ、はしたなくともしようがないのと自分に三度言い聞かせてから、畳の上の物々へと視線を走らせる。

手毬《てまり》が金刺繡《ぬい》のその白綸子《しろりんず》は見覚えがあるから良しとする。横に、花喰鳥《はなくいどり》が羽を広げた縮緬《ちりめん》帯、その横、紺鼠《こんねず》色の煙管入れ。開きっ放しの鏡台の抽斗《ひきだし》にきしきしに詰め込まれている簪《かんざし》まで目をやって、やだ、その御所車《ごしよぐるま》柄の絽《ろ》羽織はいつの間に仕立てあげなさったの。冷や汗が一筋背中を流れたが、先月のお人と比べればその泣き言は飲み込めた。羽織一枚なら、志乃が傘張りを頑張ればどうにか支払える。質草を入れて金を用立てた様子もないから、今日のように質屋が押しかけてくることもないだろう。おまけに畳の上の着物は畳まれ折り目がつけられて、積まれた浮世絵の山は端が揃えられている。おとなしい上に綺麗《きれい》好きなお人だなんて、万々歳だ。

部屋を出るなり紙入れを引っ摑《つか》んで外に出たが、志乃は一寸《ちょっと》立ち止まり、閉めた格子戸へ貼り紙をしておいた。『姫様おわし〼《ます》』との一文を見れば、蛭子屋も尻尾《しっぽ》を巻いて逃げ帰るにちがいない。先月、家に上がったところを捕まえられて、貝合わせに雛《ひな》遊びと半日付き合わされたことは、絞れば泣き言が滴《したた》るほどに骨身に染み込んでいるはずだ。

四月の風は、人の肌を撫でていく春先のものとは違って力強い。捲《めく》れ上がった貼り紙にもう一度米粒をつけ直そうとしたその時、後ろから袂をぐいと引かれた。振り向きざまにその手を右手で押さえ込み、素早く体を回す。すると女子《おなご》の顔が目の前に現れて、志乃は慌てて手を放した。己の丸髷《まるまげ》に伸ばしていた左手もそろそろと下ろす。

よくよく見れば女子の顔は三つほど並んでいて、春《はる》ちゃんが言ってよ、うそ、清《きよ》ちゃんが言う約束だったじゃない、同じ色の着物を纏《まと》った体で押し合いへし合い戯れている。飛び跳ねるたびに簪に括《くく》り付けられた鳥の羽がしゃらしゃらと鳴って、あんなに飾りがあっては摑みにくいでしょうに、と志乃は人知れず思ったりもする。燕の喉《のど》のような赤錆《あかさび》色の着物の団子からづいに一人が押し出され、志乃の顔をもじもじと見上げた。

「この家の女中の方ですよね？」

志乃が言葉を詰まらせたのをどうやら頷きと受け取ったようで、女子たちから甲高い声が上がる。

「ねえねえ女中のお姉さま。これを渡して指の形《かた》をもらってくださいな」

猫撫で声で渡された一枚の浮世絵には、畳の上に横座りをする女子の姿が描かれていた。いくつも並べられた紅猪口の中身を吟味するためか、その目はそっと伏せられている。女子は顔のあたりへ右手を寄せて、薬指の先を柔らかに食み――、

「口元！　この絵の口元のあたりに指墨《しぼく》が欲しいんです！　墨をつけた薬指の先を押し付けるだけでいいの」

いつの間にやら女子は志乃の背中に回り込んでいて、肩から顔を覗かせようとしている。志乃が少し腰を折ってやれば、爪紅《つまべに》を塗った指先が薄い紙をとんとんと叩《たた》く。

「あなたの指じゃないですからね。燕様《えんさま》の指よ、燕様、喜多村燕弥《きたむらえんや》様」

何も答えられずにいると、「なるほどね」と紙を叩いていた指がいきなりついっと

志乃に向く。

「あたしがもどきの燕弥贔屓《びいき》じゃないか疑ってるってえ、そういうわけね」

途端、女子の小さな舌が上唇を勢いよく湿らせる。

「お江戸三座のうち一つ、森田座に春の雷の如くぴしゃりと現れた若女形《わかおやま》。如月《きさらぎ》狂言で演《や》った初《はつ》姫は上《じょう》も上吉《じょうきち》。今はまだ大部屋役者の中二階《ちゅうにかい》で名は知られていないが、唾《つば》をつけておいて損はないってのが芝居好きの評。燕弥贔屓は薬指の先を食んでから、唇に紅をのせるのよ」

もちろんそいつは初姫の真似ね、と女子はふふんと鼻を鳴らす。

「役者紋は抱き燕で、屋号は乙鳥《つばくら》屋。好きな紅は日本橋《にほんばし》玉屋の小町紅《こまちべに》！」

ああ、惜しい。出かかった言葉は口の中で磨《す》り潰《つぶ》す。玉屋でなくって伊勢屋です。ついでに今からその伊勢屋へお使いに、なんて漏らしたが最後、この女子たちなら、志乃が袂に忍ばせている紅猪口を奪い取りにきかねない。

役者絵を手拭《てぬぐ》いの上に載せてやり、「お預かりいたします」と頭を下げれば、燕弥贔屓たちはまたきゃいきゃいと団子に戻って、家の前から去っていった。絵を受け取りにくる日をきちんと言い置くところは抜け目ない。団子が大通りの角を曲がるのを見届けてから、志乃はもう一度紙に目を落とす。

これを描いた絵師は大したお腕だと志乃は思う。燕弥の輪郭ははっきりしているから、あえて墨汁をたっぷりと含ませた太筆で、でもその顔の中身を描くなら細い筆に持ち替えて。とがった鼻も薄い唇も一筆描きでしか許されないような繊細さで。特に目元は息を詰め、まるで毛先で蝶《ちょう》の腹を撫でるようにして一皮目《ひとかわめ》を描き上げる。この薬指を食む初姫の役者絵は、燕弥贔屓の中でも評が高い。

かわって志乃のこの指だ。ささくれは捲れ、潰れた肉刺《まめ》は色が変わっていて、志乃は思わず肉刺ごと手のひらを握り込む。

やっぱり言わないでよかったんだわ。

歩き出しながら、静かに喉を摩《さす》り上げる。

燕弥が好きな紅屋は伊勢屋であることも、今からそこの紅を購いに行くことも、それから。

己が燕弥の女房であることも。

縁談のお話が父親の舌の上に乗せられてから、己が畳に手をつくまでのその時間の短さを、志乃は今でも誇りに思っている。

煤《すす》払いも終えた年の暮れのこと、お前に縁談がきていると、父親が言い終わらぬうちに志乃は額を畳につけて、よろしくお願いしますと告げていた。相手のことも婚家のことも決して尋ねない。尋ねる必要がない。父親が決めた相手であるならば、志乃はその人の隣にできるだけ物静かにお行儀よく尻《しり》を落ち着ければいい。頭を上げると、そこには思い描いた通りの父親の満足そうな顔があって、志乃は嬉《うれ》しくなったものだ。

そうだ、それでこそ堀田《ほった》の女子、武家の娘。そんな風にして志乃を褒める父親の声音は優しかった。母親は父親の後ろで黙っている。喜びの声をあげるようなそんなはしたない真似はしない。目を伏せ、紙で作られた女雛《めびな》のように、折り目正しく夫の言葉を聞いている。尋常なら嫁側の家が娘に持たせる持参金を、なぜか夫が嫁側の家に支払った。その金子がごろごろと父親の喉を撫でていたのかもしれないが、それでもよかった。年増《としま》と呼ばれる二十になる手前で嫁入りができることも志乃には最高の上がり目で、数日経つと己の出した目が信じられなくなっていた。でも、それも夫に会えば解決するもの。いつだって父親の三歩後ろで添うている母親を見習い、己も、女房としての収まりどころを早々と見つけ出して、女の役目をきちんと果たしていこう。そう思っていた。

祝言は挙げず、顔も見ぬまま木挽町《こびきちょう》の夫の家に移り住んで、二《ふ》タ月が経つ。なのに志乃は今でも、己の尻を落ち着ける場所が分からない。この人の隣か後ろか、それとも前か。

なぜってこの人が、常に女子の姿でいるからだ。

道すがらすれ違う棒手《ぼて》振りの、空桶《からおけ》の底がきらきらと光り始めれば、そこはもう日本橋にほど近い。江戸橋《えどばし》を渡れば、空桶の底といわず、大八車《だいはちぐるま》の荷台に、大通りの地面にと、剝《は》がれた鱗《うろこ》がきらめいて志乃を誘ってくる。しかし今は魚河岸に寄っている暇はない。足を動かすたびに袂の中で紅猪口が揺れている。大通りを曲がったところで、

「お志乃ちゃん」と声がかかった。

振り向けば、表に店を構える煮売り屋から男が手を振っている。木曾《きそ》屋と墨書きがされた看板の下には、こんにゃくに焼き豆腐、煮豆に蛸《たこ》に大根にと盛り付けられた丼鉢《どんぶりばち》が見世《みせ》棚に所狭しと並んでいる。

「芋の煮っ転ばし、今日はいくつ持ってくんだい」

男が差し出した丼鉢の中の里芋は目一杯煮汁を吸っていて、てらてらと春の日差しを弾《はじ》いていた。

かかあは贅沢《ぜいたく》せずに飯をつくれが口癖の亭主方も、木曾屋のお菜《さい》が夕餉《ゆうげ》に出れば、

った女も並ぶ。志乃も木曾屋のお菜には、幾度かお世話になっていた。だが、口をつぐんでかっ食らうとの評判だから、木曾屋には独り者の男だけでなく所帯を持

「すみません、煮っ転ばしはもう」

志乃が口籠《くちごも》ると、木曾屋の店主は肉に埋《うず》もれている米粒目をぱちくりとさせた。

「あれ、あのお人はこいつが好物じゃあなかったかい」

そうなのだ。そこが難しいところなのだ。

「いえ、その、前のお人はたしかにお好きだったんですけれど」

尻すぼみになる志乃の言葉に「ああ」と木曾屋は声を上げ、ぽんと手を打ち鳴らす。

「そういや、如月狂言は終わっていたね」

燕弥は常から女子の格好をしている。燕弥が一生のお師《し》さんとする女形、芳沢《よしざわ》あやめとやらが言うには、「平生を女子にて暮らさねば、上手の女形とは言われがたし」。その教えに従って、燕弥は舞台を降りても振袖を着、化粧をし、髪を結い上げ、女子の言葉を舌に乗せる。そこまでであれば、志乃だって、女形ってのは大変なものなんですねぇ、と神妙に頷くことができたと思う。実際、平生を女子で過ごす女形は少なくないらしい。しかし、野心溢《あふ》れる若女形には、それを守るだけでは物足りなかった。

「新しい芝居に入るたび、演じる役に成り代わっちまうってのは、何度聞いてもどう

にも飲み込めやしねえなあ」

言いながら、木曾屋は丼鉢の中身を木匙《きさじ》でぐるりとかき混ぜた。山になっていた芋が次々と煮汁の中に転がり落ちる。

「そのお芋と同じなんです」

志乃の言葉に、木曾屋は黙って煮っ転ばしに目を落とす。

「成り代わるというよりは、そのお芋のように役が染み込んでいると言った方が近いかもしれません。だから日によって漬けが甘い日と漬けが深い日がございます。漬けが甘い日は、元の燕弥さまの性の根で、衣も食も燕弥さまの好みが出ますが、漬けが深い日なぞは演じていらっしゃる人物が燕弥と名を変え、現《うつつ》に生きているかのようで」

その上、その漬けの甘い深いは日毎に変わって、当て込めないのも困りどころ。

「そりゃあ、同じ屋根の下、過ごすのは骨が折れるね」

「所作や口捌《くちさば》きで判じるしかありません。それでも分からない時は、お姫様と呼びかけてみるんです。少しでも燕弥さまが残っていれば、なんだいその呼び方はと眉間《みけん》に皺が寄ったり、お口がへの字に曲がったりするんですが、今日はちっとも」

「姫様と呼ばれることを一寸たりとも疑っていない。姫様に成り切っている漬けの深い日だってえ、そういうこったな」

志乃は、動くことのなかった燕弥の柳眉《りゅうび》を思い出しながら、こっくり頷く。

「ですが、今日は苛々があっても煙草盆をひっくり返されませんでしたので、丼鉢の底の煮崩れしたお芋ほどひたひたではいらっしゃらない」

「煙草の灰をぶちまけるなんて真似、赤ん坊であっても拳骨《げんこつ》もんだぜ。そんなことができるのは、城下の火事の恐ろしさを知らねえ、いや、知ったこっちゃねえ世間知らずのお姫様だけだ」

「ええ」と志乃はもう一度こっくりとした。

「ちなみに此度《こたび》のお姫さんの名は？」

「確か、時《とき》姫だとか」

すると、木曾屋の米粒目がかっ開く。

「時姫かい！　へえ、そうかいそうかい。大きな役をもらったもんだ。こいつはなんとも楽しみじゃねえか」

時姫をご存知なんですか。口に出しそうになった言葉は間一髪舌でくるりと巻き取った。飲み下してから志乃は、いけないと己の腹をそっと押す。いけない、これは女のやることではない。言い聞かせていると、木曾屋のくふくふと笑みを嚙《か》み殺したかのような声がある。

「そんじゃあ、時姫とそのお内儀《かみ》さんの好物を教えてもらおうかい」

どうやら腹の虫を抑えていると思われたらしい。志乃が顔を赤くすると木曾屋は笑って、そんならちょっとずつ取り分けてあげるよ、とお菜をいくらか持たせてくれた。

礼を言いながら、ふと木曾屋の腰に視線を落とした。帯に挟み込んだ煙草入れから木彫りの根付が揺れている。その四つの花菱《はなびし》紋は高麗屋、松本幸四郎《まつもとこうしろう》の贔屓だそうだが、これが抱き燕の役者紋を持つ相手となると、志乃は胸の内でふん、と気合を入れねばならぬ。

煮売り屋からそのまま二町ほど北へ下れば、間口の一際広い大店《おおだな》が見えてくる。伊勢屋の文字が白く抜かれた暖簾《のれん》をくぐり、笑みを浮かべて辞儀をした女の前で、志乃はふんふんと二回ほど気合を入れた。

「紅猪口をお渡しくださいませ」

志乃を店の奥へと案内した伊勢屋のお内儀は、志乃が足を畳むなり、両手を出した。

志乃が慌てて袂から取り出した猪口を持ち上げるその手拭いは案の定、燕の喉の如く赤錆色で、燕が何羽も飛んでいる。

「やはり玉屋さんの紅では燕弥様はお気に召しませんでしたでしょう」

志乃は勢いよく顔を上げたが、お内儀は羽二重絹《はぶたえ》を敷いた長方形の蒸籠《せいろ》を手前に引き寄せ、中身を木べらで混ぜるので忙しくって、なんてご様子で己の手元に目を落としたままだ。

志乃は邪魔をせぬよう、「よく知っていらっしゃいますね」とそっと返したが、そいつはお内儀の中のなにかを引っ掻いたらしい。

「御新造《ごしんぞう》さん」とお内儀が志乃に呼びかける。その声は川の水を吸った着物のように重く冷たい。

「もしや御新造さんは、世間の芝居好きをご存知でない？」

存じないわけがない。実家のある出羽《でわ》から江戸へ嫁入りしてから、志乃は江戸の芝居好きたちの、その熱狂振りに日々驚かされている。だが、芝居と己の間に一線引くことを心掛けている手前、知っていると言うのもどうか。もごもごとする志乃にしびれを切らしたか、お内儀は紅刷毛《はけ》を手にとって、柄の部分で蒸籠のへりをこんと叩いた。

「役者は船頭でございます。舞台で何気なく身につけた物一つで江戸に渦巻く潮目が変わる。やれ團十郎《だんじゅうろう》が江戸紫の手拭いを頭に巻いたと右に押し寄せ、やれ辰之助《たつのすけ》が変わった帯の結び方をしたと左に押し返し、皆がこぞって役者の真似をする。商い人がこれを逃すわけがありません」

刷毛を蒸籠の紅にゆっくり浸し、猪口の内側に塗りつけていく。その手際の良さは他のなによりも伊勢屋の商いの太さを物語る。

「私だって紅商いを生業《なりわい》としている大店の内儀、役者が唇に乗せる紅にはいつも目を光らせております。それに、役者も己の屋号で化粧の品を出したりするでしょう。こちらにとっちゃあ商売敵でもあるんです。役者がどんな紅を使うのか、皆が知りたくてたまらない」

こいつはお得意様の御新造さんを思っての言葉だと思ってくださいましね。お内儀はそう前置きしてから、志乃に向かって上品な笑みを浮かべた。

「ですからね、よく知っていらっしゃいますね、だなんてそんな素っ頓狂《とんきょう》なこと、役者の女房ともあろうお人がお口に出してはいけません」

柔らかい物言いだ。だが、その紅の塗られた口の中で動く舌が、志乃には二股《ふたまた》に見えるときがある。

「ましてや、御新造さんはあの燕弥様の女房なんですよ。ええ、あの燕弥様と、私はそう呼ばせていただきます。今は中通《ちゅうどお》り、十把《じっぱ》一絡《ひとから》げの役者ではありますが、今に世を狂わすような女形になる。私にはその絵図が見えているのでございます。だからこそ、その女形の女房がそんなでは燕弥様のためにならないと言うのです」

猪口に塗った紅が乾ききると、お内儀は紅猪口を浮世絵で包む。その浮世絵も先程の押し掛け贔屓たちが持ってきたのと同じものだ。お内儀は熱の入った燕弥贔屓で、だからこそ余計に志乃の存在が疎ましいのだろう。

金子を渡し背を向ける志乃に、決まってこの人は口にする。

「どうして燕弥様は、あなたみたいなお人を女房にしたんでしょうねえ」

怒りなぞ湧いてくるわけがない。背を向けたままでもちろん口に出すことはないけれど、その胸の内で決まって志乃も口にしている。

ええ、私もそう思います。


家に戻った時分にはまだ日は落ちていなかった。

志乃はまず燕弥の部屋の前で膝《ひざ》を揃えた。「戻りました」と声をかけ、一《ひい》、二《ふう》、三《みい》まで数えて応《こた》えがないのを確認してから、浮世絵包の紅猪口を襖《ふすま》の前に置く。今日も燕弥は芝居小屋へと稽古《けいこ》に出かけているようだ。ならば、部屋には決して入らない。煙草盆の灰を替えようと燕弥の居ぬ間に部屋に入った際には、怒った燕弥に障子の一升《ます》一升に指で穴を開けられた。一人で障子を張り替えた腰の痛みは未《いま》だ記憶に新しい。

台所に立ち、竈《かまど》にとろりと火を入れたところで、表戸を叩く音がある。だが、火から離れるわけにもいかず、志乃はその場で「すみません」と声を張り上げる。

「今日の夕餉は煮売り屋で購ってまいりましたので」

表戸を叩く音はぴたりと止んで、じゃりりじゃりりと草履が路地をゆっくり擦る音が小さくなっていく。お菜の一つでも持ってってもらえばよかったわ。根深葱《ねぶかねぎ》を刻みながら、志乃ははたと気づいて一寸ばかりへしょげたが、それならお菜を具にしたおにぎりを拵《こしら》えておこうと気を取り直す。昨日はせっかく来て下すったのにごめんなさいと朝餉のときにでも渡せばいい。

志乃が嫁入りして初めて用意した夕餉は、部屋に入ってきた燕弥に横目でちらりとやられるなり、眉をこれでもかと寄せられた。燕弥はそのまま踵《きびす》を返し戻ってこなかった。その次の日には通いの婆《ばば》を紹介された。

実家で言い聞かされてきた、質素であることこそ食の第一義との考えを志乃は思い切ってえいやっと頭から追い出して、朝晩、家にやってくるお民《たみ》に料理を習っている。近頃はようやく志乃の作った飯に箸《はし》を伸ばしてくれるようになったものの、やっぱり木曾屋のお菜は、箸の運びがいつもとは段違い。八杯豆腐《はちはい》より田楽がお好き。なるほど、味噌《みそ》はあまりおつけにならない。ここで味噌汁《おみおつけ》の椀《わん》を手にとって、あら、叩き納豆を汁の実にしたのはまずかったかしら。

「おやめくださいと言ったはずですけれど」

燕弥の言葉に志乃は、びくりと背筋を伸ばす。

「ちろちろと目玉で舐《な》められるのは、檜《ひのき》舞台の上でもう十分味わっております」

燕弥の眉間に皺が寄ったのは汁の実が理由でなかったようで、志乃は「申し訳ございません……」と消え入りそうな声で謝ってから、燕弥の箱膳《はこぜん》から己の膝へと目を落とす。

「今日も食べないのですか」

顔を上げると、燕弥の箸は箱膳を指している。

「もちろんです」

志乃は力強く頷いた。

「殿方が食べ終わるまで妻は殿方の傍で控え、食事の手伝いをするものと実家で教えられてきましたので」

燕弥は志乃の顔をじっと見て、「ふうん」と小さく呟いた。それきり黙って、箸で田楽を細かく刻む。田楽を摘《つま》み上げ、左手で口元を隠しながら、ゆるくほどけた唇へと持っていく。その美しさが志乃は恐ろしい。

どうしてこのお人は私を女房にしたのだろう。

志乃は燕弥を眺めながら、ぼんやりと考える。

燕弥には聞かない。聞けない。なぜって志乃は女房だからだ。夫に従い、夫のために行動をする。飯をつくり、汚れ物を洗い、温く柔らかい肉で夫の労をねぎらって、ぽんぽん子を産む生きものだ。それに、己はどうやらそれなりの顔らしいから、見目で夫を癒《いや》すこともできるはずとそう志乃は、一寸自信もあって嫁いできたはずなのに。

目の前には女の己より美しい女がいる。

ならば、私はなんのためにこの家にいるのだろうか。私の価値は一体どこにある。

志乃は行灯《あんどん》の火を消し、布団の中にもぐりこむ。燕弥とは寝所を別にしている。燕弥がそう申し付けたからだ。志乃は体を丸め、右手を己の胸に当てる。思ったよりもそいつは柔らかく、志乃はほうっと息が吐けた。

「口入屋《くちいれや》に頼んで、通いの女中を呼んでおきました。朝餉と夕餉時に訪ねて来るかと思いますので、そのお人から洗濯や台所のことをきちんと習ってくださいまし」

燕弥にそう告げられたとき、志乃はうなずくほかはなかった。たち縫い、茶の湯、聞き香に薙刀《なぎなた》なんぞは実家で厳しく躾《しつ》けられたが、町娘の稽古事の定石らしい三味線《しゃみせん》、料理方、小唄《こうた》は武家の娘に必要がないと言われて、庖丁《ほうちょう》はほとんど握ってこなかった。くわえて役者の家には役者なりの仕来《しきた》りというものがあるはずで、お民はそれを教えてくれるために雇われたに違いない。

豆を煮るお民の箸遣《づか》いを杉原紙に書き込みつつ朝餉の用意をしたあとは、米のとぎ汁を盥《たらい》に入れ、洗い物を抱えて井戸端へ行く。このところ、志乃はこのお民からの手習いの時間が好きだった。

お民に言われたとおりに盥の中でとぎ汁を襦袢《じゅばん》にすり込んでいると、案の定今日も後ろに気配があって、志乃は寸の間手を止める。すぐに振り返っては逃げられる。そうこの人はお猫さま、お猫さま。言い聞かせ、志乃は盥のへりにかけた手拭いで手を拭《ふ》いて時を稼いでから、ゆっくりと首を動かす。

「あの、なにかございましたでしょうか」

志乃の傍に立つ燕弥は、にこにこと笑っている。

「いいのよ、わたしのことはお気にせず、そのまま続けてくださいな」

そう言って後ろで手を組み、盥を覗き込む燕弥の髪はゆるめに結わえられていて、はらりと一本こめかみにかかる。

漬けが時姫になってからというもの、燕弥はこうして、志乃がお民から手習いを受けている様子を見にくるようになっていた。どんなにつんけんしている日でも、志乃が飯櫃《めしびつ》から米をよそったり、着物をさいかちの実で揉《も》み込んだりしているとふらりと現れ、にこにことしながら志乃を見ている。手習いが終われば、途端になにかを思案するような顔つきになり、声もかけずに去っていく。

稽古場へ向かう燕弥を見送ってすぐ、志乃の頭にはぴいんときた。

やっぱり時姫は綺麗好きでいらっしゃるんだわ、そうなんだわ。

部屋の整い具合からも薄々は勘付いていたけれど、時姫は綺麗好きで、だから汚れ物がきれいになっていく様を見ているのは気持ちがいいってそういうわけじゃないかしら。

ならば、と志乃は襷《たすき》をかけた。蚤《のみ》の糞《くそ》さえ残すまじの心意気で家中雑巾《ぞうきん》をかけて回ったが、小体《こてい》であるから一刻《いっとき》ほどで終わってしまう。志乃は少し悩んでから、張り替えたばかりの障子を開けた。

燕弥の部屋は、紅の件で入った時と相も変わらず、整然としていた。繕《つくろ》い立ての雑巾で箪笥《たんす》を擦るが、汚れもあまりつかない。鏡台には手拭いをつかったが、汚れよりもその抽斗の隙間から見える化粧道具が目を引いた。伏せられた紅猪口が何十と並び、ふと行李《こうり》の中に目をやれば、三段重の円筒形の陶器が敷き詰められている。花文様が描かれているそれらにはどうやら白粉《おしろい》が入っているらしい。ほのかに梅の香りがする小袖に襦袢は、そのどれもが女物。

役者ってのはとんでもない生業だと、つくづく志乃は思うのだ。世間の目を一身に集めてはいるが所詮《しょせん》は河原者。笠《かさ》をかぶってしか人様の前を歩けやしないと父親は散々なじっていたが、女子を演ずるために平生から女子であることを選んだその胆力は素敵で、そいつが裏返って、おそろしくもあったりする。

燕弥は決して男の部分を見せようとしない。

志乃は小袖が掛けられたままの伏籠《ふせご》を持ち上げる。

女形とはそういうものか。

志乃は箱枕に顔を近づけすんと鼻を動かしてみる。

そういうもので終わらせてよいのか。

志乃は己の手が、掃除というよりなにかを探し回る手つきになっていることにふと気づいた。気づいたならば、こりゃもう開き直りで、部屋のあちらこちらをかき回す。と、つんと饐《す》えた臭いが鼻面を掠《かす》めた。鼻を動かしながら近づいた部屋の隅には伏籠が置かれ、上に掛けられた手拭いは湿っている。伏籠をどけると、お椀が一口。半分ほど盛られた米は黄色く、饐えた臭いは部屋中に広がって、志乃は思わず笑ってしまった。小腹の虫を養った後で片付けるのを忘れたか、あのお人にもこんな物臭《ものぐさ》なところがあらっしゃる。腐った飯はあのお人が男だと言ってくれているようで、志乃は何やら嬉しかった。

飯を捨て、洗った椀が乾く頃合いに、燕弥の帰りを告げる声が格子戸の外に聞こえてきて、志乃は肩を張る。皐月狂言の幕開きが近いためか、稽古終わりの燕弥はご機嫌が悪い。板間に上がって、志乃の差し出した茶碗《ちゃわん》で唇を湿らしてすぐさま口を引き結ぶ。そのまま自室に向かう後ろ姿を見送るのが志乃の常だが、今日ばかりは部屋の入り口までついて行く。その紅の塗られた横一文字が、にこにこに変わる瞬間が見たい。燕弥が障子を開ける隣で志乃は胸を高鳴らせる。部屋に入った燕弥は中を見回し、はたと動きを止めた。飛びつくようにして伏籠を開けたかと思うと、伏籠を壁に叩きつけた。

「なぜ捨てやがった！」

煮立った油の玉が破裂したかのような勢いに、志乃はひっと息を詰まらせる。

「く、腐っておりましたから」

「この頓馬《とんま》！」

顔が美しくあればあるほど、怒りをたたえた際に凄《すさ》まじくなることを志乃は初めて思い知る。

「腐らせていたに決まっているだろうが！」

怒鳴り散らして涎《よだれ》の泡が飛んだ口を燕弥は己の手でぐっと拭う。手の甲にべたりとついた紅に眉を寄せ、ふうと己を落ち着かせるかのように、細い息を吐き出した。

「あの飯はわざと腐らせていたんです」

一瞬の内に喉をすげ替えたような、その柔らかな声音はいつもの馴染みのあるもので、志乃の忙《せわ》しない胸の内も少しだけおさまった。

「どうしてそんなことを」

「決まっているでしょう」と燕弥は窘《たしな》めるように言う。

「芝居に使うんですよ。芝居ってのは言ってしまえば虚事《そらごと》でございますから、そこにどれだけ実《じつ》を紛れ込ませられるかが要所《かなめどころ》。だからこそ、腐った飯は舞台の米櫃に入れようと思っていたのです。開けた際に饐えた臭いをかいだ客は、これは現のことかと芝居にどっぷり浸《つ》かれる」

爛々《らんらん》と目を光らせていた燕弥だが、「でも、おじゃんです」伏せた睫毛《まつげ》の影で目の光が遮られる。

「とてもよい色とよい匂いになっていたのですけれど」

志乃はただただ板に額を擦り付けることしかできなかった。

離縁だ。志乃は自室の布団の上で座り込んだまま、ぼんやりと考える。離縁に違いない。三行半《みくだりはん》は明日《あした》渡されるのだろうか。理由の文言はなんだろう。夫の仕事の邪魔をしたのだ、不都合なことを書かれても文句はいえまいが、せめて再縁だけはと志乃は膝に置いた拳《こぶし》を固く握る。どこぞにいるかもしれないお人との再縁だけは認めてもらわねば、志乃は女の役目を果たせない。

次の朝、朝餉の品数を増やす小賢《こざか》しい真似をしてから、志乃は燕弥の箱膳の前で手をつき、三行半を待った。

「豆腐が食べたい」

志乃が顔を上げると、燕弥は少し顔を背けていた。口が鳥の嘴《くちばし》のように尖《とが》っている。

「夕餉は豆腐が食べたいと言ってるの」

志乃は泣きそうになった。ああ、求められている。この人はとってもお優しいお方だ。きちんと自分に役割をくれる。女房として己を使ってくれる。

「初屋《はつ》の豆腐でよろしいですか」

燕弥の朝餉が終わるのを待たずして、紙入れを手に取った。土間へ駆け下りると、

「お待ちを」と志乃を引き留める声がある。

「こいつを使ってくださいな」

燕弥に渡されたのは丸盆で、志乃は黙って受け取った。意図など問うはずがございませんの一文字の口を見てもらいたくって、志乃はゆっくりと頷いてみせる。

「酒もつけてもらおうかいね」

言って、燕弥は徳利《とっくり》を丸盆の上にのせる。

「酒でも回れば、昨日のことなんてぽーんと飛んでってしまうさね」

台所横で目についた笊《ざる》を引っ摑む。丸盆と笊を胸に抱え、徳利は手に提げ、下駄《げた》を突っ掛けたところで、

「志乃!」と一際大きな声が背中にぶつけられた。

心持ちは軽く、なんでも御座れと振り返った志乃を待っていたのは、酷《ひど》く冷たい目であった。燕弥の視線は鋭く、固まった志乃の体に次々と刺さっていく。足の甲、手の首、着物の袂、耳のたぶ、最後は目玉にぶっすり刺し込み終えて、

「お帰りをお待ちしております」と燕弥は優しげな笑みを見せた。

「戸口の前でお待ちしております。ずうっとずうっとお待ちしておりますから」

志乃は通りを飛ぶように走った。

家に戻ってきたとき、燕弥は告げた通りに戸口の前に立っていた。肩で息をする志

乃の姿を見つけると、笑みの形に細まっていた目が開き、まるで針のように輝いた。

豆腐を盆にのせて戻ってきたあの日は醤油《しょうゆ》をぽっちり垂らして食べた。次の日も豆腐がご所望とのことだったから、豆腐を崩して酒と醤油で炒《い》りつけて、山椒《さんしょう》をまぶした荒金《あらがね》豆腐にして食べた。飽きませんかと聞いたら、飽きませんと旦那《だんな》さまが言うので、志乃は『豆腐百珍《とうふひやくちん》』を購った。百種もの豆腐料理が記された本だが、まあ、あと二、三種ほどで鍋敷《なべしき》に様変わりするだろう。そう高を括っていたというのに、まさか、こんなに使い込むことになろうとは。

醤油染みのついた紙をめくったところで、がらりと格子戸を開ける音がして、志乃は大きなため息を吐く。

「御新造さん、お届けにあがりましたよう」

「またですか」

弾《はじ》ける声に、志乃は洗い桶に水を張る。抱えて板間まで運んではみたが、桶行列に横入りさせる隙間がない。だというのに、男は志乃の抱える桶の中へといくつもそれを滑り込ませる。

「こいつが北紺屋町《きたこんやちよう》の遠野《とおの》屋さん。一代で成り上がった呉服屋さんです。女子衆《おなごし》人気が欲しいんでしょうねえ。そんでこいつが扇町《おうぎちょう》の三谷《みたに》屋さんだ。ここで舐める温燗《ぬる》が旨《うめ》えのなんのって」

店の名前は慌てて書きつけたが、この家にはもう桶を置くところなぞどこにもないし、腹の中は骨と肉の間だって隙がない。そう訴えたが、男はその大きい団栗目《どんぐりめ》をぱちくりとさせる。

「いえいえ、御新造さん。これからじゃあねえですかい」

この男が胡座《あぐら》を組むと、家が余計に狭くなったように見えてならない。大柄な上背に合わせて、にっかり歯を出して笑うその口も大きい。

「幕が上がってまだ十日も経っていやしません。森田座にとんでもねえ若女形が出てきたってんで、やっとこさ上方《かみがた》まで噂が流れついた頃合いだ」

志乃は己の腹に手を当てた。おそらく腹の虫は昨日か一昨日《おととい》かで、死んでいる。

「もっともっと届けられるはずですぜ」

家の中に並べられていく、大量のこの豆腐に押し潰されて。

この男が突然家を訪ねてきたのは五日前のことだった。豆腐をどっさりと持ってきて、贔屓からの祝儀でござえやす。笑みのまま出て行こうとするものだから、袂を引っ張り名を聞けば、善吉《ぜんきち》、燕弥の奥役《おくやく》をしていると言う。奥役というのは役者の世話役らしいが、志乃はここで待ったをかけた。夫の仕事を深くは聞かない。次の日にまた善吉が来ても、志乃は女らしく部屋の奥に引っ込んで黙っていた。しかし、豆腐がどんどんと玄関に届けられていく。このままでは布団も敷けなくなってしまう。仕方なく、志乃は応対するようになった。

土間に座り込む善吉に麦湯を出しながら、志乃は聞く。

「役者への祝儀は、豆腐と決まっているものなんですか」

えっ、と善吉は茶碗から口を離した。

「決まってやしませんよ。豆腐を祝儀として運んだことなんて初めてのこってす」

「あら、それならどうして豆腐なの」

尋ねると、御新造さん、と一寸ばかり硬めの声が返される。

「もしや、役者の女房さまでいらっしゃるのに此度の芝居の内容をご存じでない？」

押し黙る志乃に、善吉は「嘘です嘘です大丈夫ですよう」とへらりとする。

「そういうお内儀さまもおりやすからね。舞台の上であっても、自分の旦那が誰かと口説き口説かれて、終《しま》いにゃお布団に二人包《くる》まっての濡れ場なんざ見たくないってんで、一生芝居小屋には足を運ばない方もいらっしゃいますから」

「それは当たり前のことでしょう？」

強い物言いになっていることは己でもわかった。

「旦那の仕事場に女房が顔を出すなんて言語道断でございます」

「なるほどなるほど」善吉の顔が近づいて、目頭についた目やにまでがよく見える。

「そういうところが良いんですねえ」

「そういうところ？」

一人うんうんと頷く善吉に眉を寄せると、「でも、御新造さんはどうなんです？」

と善吉はまたもや志乃の顔を覗き込んでくる。

「御新造さんは此度の芝居のお話、聞きたいとは思いやせんか？」

「ですから、女房がそんなこと」

己の声が揺れている。合わせて腹の内も揺れている。実家で教え込まれた女としてのお役目や規範がずっしり腹の真ん中に居座っていたはずなのに、こう面と向かって言われるとなぜだかそいつがぐらぐらとしてくる。

近頃のこの芝居町《しばいまち》の雰囲気も悪いのだ。志乃は己の親指をきりりと噛む。

時姫、ありゃあ上上吉《じょうじょうきち》だ。先の初姫で目をつけていたが、いやはや、こいつは大当たり。馬鹿だね、あんなぽっと出、すぐに消えるよ。三浦之助義村《みうらのすけよしむら》の男振りったらありゃしない。いやいや、長門《ながと》に目がいかねえとはとんだ節穴。

皆が芝居のことを語っていて、その熱気がこれまた志乃の腹の内を揺らす。

「内緒内緒。ばれやしませんよ」と善吉が囁《ささや》く。

「ばれるって誰にです」

「いや、わからねえですが」

この問答で何やら志乃は気が抜けた。

そうよ、聞いたところで私が腹に据えているものは変わりっこない。

「いいでしょう、どうぞお聞かせください」

板間の桶と桶の間にようやく二つ体を落ち着けると、善吉が、おいらは木戸芸者ではねえですから、下手くそでも堪忍してくださいね、と言い置いた。なにを思ったか豆腐の入っていない空桶を片手で摑み、それを板間にコン、と打ちつける。

「……なんですか」

「遮っちゃあいけねえや、御新造さん。こういうのは空気ってのが肝要なんだから」

コン、と打つ。続けてコンコンと打つ。コンコココココ……コン。

ココン。

「ときは鎌倉《かまくら》。こいつは源《みなもとの》頼朝《よりとも》亡き後のお話にござります」

演目は『鎌倉三代記』。北条時政《ほうじょうときまさ》と御家人との戦いが芝居の軸ではございますが、まあ、そいつはちょいと置いておきやしょう。なにせ此度の森田座皐月狂言で大事なのは燕弥の演ずる時姫様。時姫は時政の娘でございますが、なんと敵将三浦之助義村を慕って一人家を出、絹川《きぬがわ》村に身を寄せている。この村に身を置いているのは三浦之助の母、長門。時姫は長門の看病をしているのです。

「ちょっとお待ちください」

何やらいきなり開いた善吉芝居の幕を慌てて閉じる。へえ、と善吉は素直に応じて口を閉じるが、頬は少し膨らんでいる。

「時姫という女は己の父を裏切って、敵方の男に身を寄せているわけですか」

「そうですけど」

「なんという筋書きですか！　この本を書いたお人は女の三従《さんじゅう》を知らないのですか！」

家にあっては父に従い、嫁《か》しては夫に従い、夫死しては子に従う。こんなこと、手習い子でさえ誦《そらん》じる。嫁入り前の女子が慕う男の許《もと》に走るなど、孝のかけらもない。だが、善吉は、すごいですよねえ、と間延びした口をきいている。

「恋心はなにもかもをひっくり返しちまえるんだもの」

すごいものか。志乃は己の背中の産毛が逆立つのがわかる。

「こんなものが江戸のお人たちに受けているんですか」

「だって、ほうらこの通り」

善吉の指の先にある豆腐の山には、志乃も黙るしかない。

「恋心を抱える時姫は可愛らしい。だからこうして皆《みな》が祝儀を贈ってくるんです。だが、三浦之助はそうではなかった」

善吉は、空桶をココンとやる。

病気の母を思って、三浦之助は村に帰ってまいります。だがそのお体は傷だらけ。時姫は駆け寄って介抱しますが、母、長門は障子を締め切り、三浦之助に会おうとはいたしません。武門に生まれながらに戦場を離れた息子の未練を叱ります。

ココン。

この障子の内は母が城郭、その狼狽《うろた》えた魂で薄紙一重のこの城が、破るるものなら破ってみよ。

なんてえ重く鋭い母親の啖呵《たんか》じゃあございませんか。もう良いと傷だらけの息子の体を抱き込めればどんなに幸せか。戦さに行かずこの母の傍に居ってくれ。それができぬならせめて一目会いたい。頭を撫でたい。しかし、長門はそんな母親の情を己の内で切って捨て、部屋に籠って障子を開けない。病に伏した母のこの啖呵に三浦之助は己を恥じた。涙しつつ戦場に戻ろうとする三浦之助をちょいとお待ちになって、と引き留めるのは燕弥の時姫。

ココン。

コレのう、せっかく見た甲斐《かい》ものう、もう別るるとは曲もない。親に背いてこがれた殿御、夫婦《めおと》の固めないうちは、どうやらつんと心が済まぬ。

こちらはなんてえ可愛らしく切ない恋人のお願いじゃあございませんか。一晩だけでも布団の中で夫婦として明かしたい。いえ、はしたないなんて言っちゃあいけやせん。なにせ時姫が三浦之助から受け取ったその兜《かぶと》からは、薫《た》きしめた香がぷんとしている。

「時姫は三浦之助が討ち死にする心胆だと気づいたのね」

「ははあ、さすがは御新造さんだ」

戦場に向かう武士は死臭を隠すため、己の兜に香を薫く。時姫はこれを嗅《か》ぎ、夫と今生で会うのは今宵《こよい》切りと悟ったのでありました。時姫だって武家の女。縋《すが》ったりなぞはいたしません。ただ今宵だけ、今宵だけでも夫婦の契りを交わしたい。短い夏の一夜さに、忠義の欠くることもあるまい。時姫の口説きには胸がぐうとなっちまう。しかし、三浦之助は冷てえのなんのって。敵の娘ゆえ信用できぬと振り払い、戦さに戻ろうといたしますが、母の咳《せき》がごぼごぼと耳に残っている。悩んだ末に、暫《しば》し屋敷に留《とど》まることにしたのです。

「敵の男になんぞ恋心を持つから、そういうことになるのです」

「そうです。時姫の父親だって怒り心頭だ。だから追っ手をよこします」

「追っ手ですか」と聞けば善吉が嬉しそうに空桶を振り上げるので、志乃は思わず手で制した。

「そいつを、おやめください」

「はい?」

「それです、その空桶でのココンです」

すると、善吉は恥ずかしそうに盆の窪《くぼ》をぽりぽりと掻いた。

「お気に障っちまいましたかね。芝居者の性《さが》ってやつで、音と拍子を入れ込むだけでずんと気持ちが入るもんですから」

それが嫌だと志乃は言うのだ。芝居者でなくっても、自然と気持ちが昂《たかぶ》ってきてしまう。

「お詫《わ》びに、追っ手の正体を明かしやしょう」

志乃の喉がごくりと鳴って、ああ、またしても、善吉がココンとやる。

追っ手の名は藤三郎《とうざぶろう》。すでに村に潜り込んでいる手練《てだ》れの男。一人途方にくれている姫に襲いかかった。姫の白い耳元にこいつはお父上の言と藤三郎は囁きます。時姫は殺してしまって構わない。だが、姫を捕まえた暁にはお前と夫婦にさせてやると、そうお父上は申されましたぞ。驚く時姫に藤三郎はなおも言い募る。三浦殿は今日明日の内に首がころりじゃ。首のない胴ばかりの男を抱いて寝てなんになる。如何《いか》に下の方が肝心じゃてじゃて。これには時姫も目を吊《つ》り上げた。懐刀を抜き、斬りかかる。藤三郎は頭を抱えて逃げ出した。

お可哀想な時姫様、ああ、父親からのあまりのお仕打ち。目から涙をはらはらと、刀を胸にひしと抱く。こいつは父の懐刀。これで死すれば、父に殺されたと同じこと。三浦様の女房としてこの世を逝ける。

明日を限りの夫の命、疑われても添われいでも、想い極めた夫は一人。己の喉に突き立てようとしたそのとき、現れるのは夫、三浦之助義村。

お前の心、しかと受け止めた。ならば我が敵、お主が父親、北条時政を討て。

「時姫に親不孝の罪を課すおつもりですか！」

いいえ。時政を討ったあと、その刀で己の命をたてば、不孝には当たるまい。頼みと言うはこれひとつ。親につくか。

さあ、それは。

夫につくか。

さあ。さあ、さあ、さあ。

落ち着く道はたった一つ。返答はなんとなんと。

成程、討って差し上げましょう。

すりゃ、北条時政を。

北条時政、私が討って差し上げましょう。

ココン、と一際大きく空桶を打ちつけると、善吉は照れたように空咳をした。

「父様赦《ゆる》して下さりませと、わっと叫ぶところ含めてこの燕弥さんが大層お美しいってんで、声色連《こわいろれん》はこぞって真似をしておりやすよ」

善吉の声はどこか遠くの方で鳴っていた。志乃の頭の中では三浦之助と時姫の刀を握りしめてのやり取りが繰り返されている。ぎゅうと志乃は眉間に皺を寄せて、麦湯を飲んで一息ついている善吉を睨《にら》みつけた。そんなに語りがお上手なんて聞いていない。頭の中にへばりついたこのお姫様をどうしてくれる。

「まあ、この後は藤三郎が実は味方であることが明かされたり、長門が時姫の持つ槍《やり》を己の胸にぐいと突き立てたりと色々とあるんですけれど、おいらはここがいっち好きでして」

茶碗に麦湯のおかわりを注ぐふりで志乃が板間から離れても、善吉の声は志乃の背中を追っかけてくる。

「そして、此度の燕弥さんの大当たりは、時姫のその健気《けなげ》さ」

「健気さ？」

振り向こうとして、表戸を叩く音に動きを止める。昼餉時にお民を呼んでいたのを思い出し、志乃はわざと大きな声で応《いら》えを返した。よかった、お民の訪《おとな》いで善吉の芝居語りは一旦幕引きと思ったところで、

「時姫もそうなんですよ」

志乃は善吉を見た。善吉はにこにこと志乃を見返している。

「時姫も近所の百姓の女房に飯の炊き方や味噌汁の作り方を教わっているんです」

三浦之助が戦場から戻ってくる前、絹川村で長門を看病しているときの場面だと言う。

「時政から時姫を連れ戻すよう申し付かった御殿女中が侍を引き連れやってくるんですが、肝心の時姫がどこにもいない。すると、道の向こうから、時姫様が豆腐を盆にのせ、酒を入れた徳利を手に提げながらやってくる」

善吉は懐から一枚の浮世絵を出し、志乃に向かってぺろりと広げた。

赤振袖の美しい女子が侍を引き連れ田舎道を歩く。その両手で支えている丸盆の上、笊を被《かぶ》せられた豆腐が編み目の間から覗いている。

「豆腐が崩れちまうってんで笊を被せてるんですよ。そんなことで豆腐が崩れるわけがねえのに」

崩れるわけがないではないですか。たしかに燕弥もそう言った。豆腐を盆にのせ、徳利を手に提げ帰ってきた志乃に向かって。戸口の前に立ち、志乃の体に目で針を刺し込みながら。

「でも、そういうところがいいんです。そういうところが世間を知らねえお姫様、健気な女房振りで江戸雀《えどすずめ》たちの心をきゅっと摑んだ」

私だと志乃は思った。あの日の志乃がこの浮世絵の中にいる。

「絹川村での魚の振り売りとのやり取りも、これまでの鎌三《かまさん》にはなかったものでしてね。燕弥さんの思い付きに森田座付きの狂言作者が、おう、そりゃいいねと正本に取り入れたそうで」

御新造さん、魚はどうだい。あら、夕餉にはなにがよろしいんでしょう。コノシロ、フグにマグロってとこですかい。

んでさ」

「すると、時姫がその振り売りをきっと睨みつけ、無礼者！　と叫ぶところが痺《しび》れる

善吉は胡座をかいた膝小僧にぴしりと手のひらを打ち付けて、

「どういうことか分かりやすすか」と志乃を見る。

いつの間にやら表戸を叩く音は消えていた。

「……コノシロもフグもマグロも全部、武士には法度の食べ物です」

コノシロはこの城を食うに通ず。戦場にて死すべき武士がフグの毒にあたって死ぬのはもってのほかで、マグロの又の名、シビは死日に聞こえるとの理由から。

「さすがですよう」と善吉はまたぴしりぴしりと膝を叩く。

「この場面は城にお勤めの御殿女中たちのお気に入りなんですぜ。その人気で割りを食ってるのが振り売りだ。なんでも町の女子たちがこぞってこのやり取りをしたがるとかで、日に何十回も、ねえおじさん、あたしに魚を勧めてよ。そんなら、この魚なんてどうですかい。無礼者！　ってなもんで、詰《なじ》られるんだとか」

志乃は無礼者とは言わなかった。戸口の前でコノシロを勧めてきた振り売りに、思いっきり眉根を寄せて、お帰りくださいましとそう撥《は》ね除《の》けただけだ。あのとき、たまたま家に居た燕弥は、どうしたんだい、と鼻息を荒くして志乃に詰め寄った。問わ

れると、魚一匹に声を荒らげたことがどうにも恥ずかしく思えてくる。言葉を濁す志乃に燕弥は舌打ち、思い切り畳表を叩いた。志乃は口ごもりつつもコノシロを厭《いと》う理由を説明し、聞いた燕弥はにこにことしていたが、赤く腫《は》れた燕弥の手のひらは、今でも志乃の頭をふっとよぎる時がある。

「旦那方がいっちお好きなのは、百姓女房の手解《てほど》きによる時姫様の米研ぎに味噌すりに違いねえ。姫様の世話女房振りが健気でいいって輩《やから》もおりやすが、男は品くだるいきものですからね。そんなすりこ木の持ちようで、よく殿御が抱けるもんだ、なんて時姫が詰られるのを、やんややんやと囃《はや》し立てる。ああ、駄目だよ、御新造さん、引いちゃあいけねえや。こいつは男の性ってもんなんだから」

志乃は確かに血の気が引いている。

阿呆《あほう》だ、阿呆じゃないか。通いの女中を志乃につけた理由を、燕弥の優しさだなんて、そんな己に都合のいい解釈をして。

燕弥は、此度の芝居のために、志乃を時姫に仕立て上げた。そうして、時姫もどきと相成った志乃から、仕草や口癖を吸い上げたのだ。

ああ、そうか。あの人は、己の芸のために私と一緒になったのか。

私が武家の娘であるから。

私は武家の娘であるから、あの人に買われたのだ。

燕弥に持たされていた駄賃を善吉に渡し、ぼんやりと飯を炊き、気づいたら目の前で燕弥が夕餉を食っていた。志乃にはどうにも拵えた覚えがないが、今宵の菜は餡《あん》かけ豆腐だ。豆腐を細かく箸で割り、皿の底に溜《た》まった葛餡《くずあん》に軽く擦り付ける。燕弥は口を椀に寄せ、とぅるりと口に流し込む。

「武家の娘であるから、あなたは私を娶《めと》ったのですか」

言葉はとぅるりと志乃の口から出ていた。志乃は震える手で己の口を押さえたが、もう遅い。燕弥は口の端から一寸ばかり葛をこぼしたが、取り出した懐紙で拭うと、膳の上に箸を置いた。

「姫と名のつく役は芝居に数々ございます」

桜《さくら》姫、鷺《さぎ》姫に雲《くも》の絶《た》え間《ま》姫。燕弥の舌は葛が塗られて、滑《なめ》らかに動く。

「姫様役は緋《ひ》色の振袖を着ることが多いのもありまして、まとめて赤《あか》姫とも呼ばれておりますが、中でも、時姫、雪《ゆき》姫、八重垣《やえがき》姫。この三人はちぃと特別。このお三方は三姫と呼ばれ、女形でも殊更難しい役とされている。座の中でも実力があって貫禄《ひれ》もある格の高い女形しか演らせてはもらえません」

遠くで木戸番が鳴らす送り拍子木の音が聞こえている。日はすでに落ちた。行灯の光が燕弥の顔を撫で上げて、志乃は初めて燕弥の頰に小さな黒子《ほくろ》があることに気がついた。

「その時姫がいる鎌三、鎌倉三代記を次の芝居でやるらしいとの噂を聞いたとき、わたしは頭の中で、お稲荷《いなり》さんの神棚に貯めた小金を数えていた。いくら渡しゃあいい役がもらえるかしらん、ってね。狂言作者には常から愛嬌振りまいて尻尾を振ってやってんだ。小金を袂に落としてやれば、百姓の女房役くらいには捩《ね》じ込んでもらえるはずだ」

それだけ燕弥は狂言作者に気に入られているという。

お前の芝居にゃあ、時々きらりとするものがある。狂言作者は燕弥に飯を食わせるたびにそう言ったが、そんなおべんちゃらを信じるほど己に時間は残されていない。

「小金は全枚はたいてやったってよかったんだよ。なにせわたしはもう二十三だ。ここいらで芽を出しておかないと、わたしは種粒のまま終わる」

先の如月狂言での初姫は一寸ばかり芝居好きたちの中で話題に上ったようだが、あれは正月の初春《はつはる》狂言が終《は》ねて大立者たちが休みを取っている間、若手を集めて興行を行なっただけのお茶濁し。己は、名前のある役なんてもらえるはずもない役者ばかりが押し込められた中二階で枯れて死んでゆく。

「時姫は座で最高位の女形が演じます。だから、時姫役は決まっておりました。森田座の立女形《たておやま》は玉村宵之丞《たまむらよいのじょう》。こいつが名跡《みょうせき》をついだだけの凡々《ぼんぼん》でしてね。踊りはど下手くそ。首は太くて色っぽさもへちまもねえ」

燕弥は口端を嫌な角度にあげていたが、「あら、いけない」と口元を袖口でそっと隠した。

「駄目だわ。仏さまにこんなことを言っちゃあ」

「……仏さま？」

思わず燕弥の言葉を追いかけた志乃に、燕弥は膝でにじり寄る。そうして、燕弥は志乃の耳たぶに掠れた声を擦り付けるようにして、

「宵之丞はおっ死《ち》んだんですよう」

弾かれたようにして尻を退《すさ》った志乃を見て、燕弥は笑っている。

「ところてんで当たったらしい。稽古帰りの永代橋《えいたいばし》あたりの屋台で食べたそうで、夏でもないのに運が悪いねえ。稽古に出てこねえから奥役が家を訪ねてみれば、泡吹いて蛙みたいにひっくり返ってお陀仏《だぶつ》だ。それが幕開きの一《ひ》ト月前のこと。尋常なら演目を変えるところだが、元々皐月狂言はそれほど力を入れねえ興行だ。上方から代わりの役者を呼ぶのも金がかかるばかりでなんだってんで、お偉方は悩みに悩んでお頭《つむ》

がおかしくなっちまったんだろうさ。思いもよらねえ道を選んだ」

ある朝、燕弥は狂言作者に呼び出され、部屋まで出向くとそこにはお偉方が座っている。

「時姫をやれ、燕弥」

言われて、燕弥は頭の中で、江戸にある質屋の数を数えていた。いくら渡しゃあこいつらを、お頭のおかしいままにしておけるかしらん。

「それだけの大役だったのさ。この時姫で当てることができなきゃ、もう二度とこんな好機はめぐってきやしない。わたしは何を擲《なげう》ってでも、この芝居で成り上がらなきゃいけなかった」

だから娶った。燕弥は言う。

「お師さんのように一生を女として過ごし、誰とも添い遂げない心算《つもり》でおりましたが、背に腹は替えられません。時姫役をいただいた日から、わたしは稽古終わりに町に出た」

口入屋に出入りし居酒屋に入り浸り、武家町で追い回されながら、燕弥は居酒屋で一人の男にたどり着く。男は藩士で江戸にはお勤めで滞在しているらしい。三人の同輩と席を一緒にしておきながら、目の前の料理に一切手をつけない。いいねえ、と燕弥は舌舐《なめず》りをする。手拭いを顔に巻き、笠を被って顔を隠すたあ、町人が食う飯を食らうのは武士としてみっともねえってそういうわけかい。男に娘がいることを知れば、もう吟味している時間も惜しい。燕弥が芝居者と聞いて男は渋い顔をしたが、質屋で借りた金子で黙らせた。すぐさま娘を呼びつけてみれば、婚礼もあげぬままでも江戸入りをする。

いい女だった。

化粧も知らず、親の言いつけのみを守り、礼やら忠やらそんなことばかり考えている、いい女だった。

「豆腐に笊を被せるなんて、そんな頓馬なこと町の娘は絶対にしない。嫁入り修業でみっちり親から仕込まれるからね。豆腐の扱い方がわからないなんて、武家の娘ならでこそだ」

そいつを燕弥は芝居に取り入れた。へえ、とお偉方は片方の口端を上げた。よくもこの大作に中二階風情が小細工を。だが、やってみな。お偉方はそう言った。

「コノシロを振り売りから勧められた時の顔も思わず鼻息が荒くなっちまうほど素晴らしかった。だから使わせてもらったんだよ」

芝居にはすぐに火がついた。名も知らぬ女形の立身に、どれ、どんなものかと皆がこぞって森田座の木戸札を購った。

「いい買い物をした」と燕弥は志乃の膝につつっと指を滑らせる。

「だが、わたしには貫禄《ひれ》がない。今、江戸の芝居好きがやんややんやと持ち上げてくれるのは、いきなり綺麗なべべを着て舞台に乗せられた野良犬を面白がっているだけなのさ」

実際、目の肥えた見巧者《みごうしゃ》たちからは、小手先だけのちんけな芸との批判も多い。だが、森田座は次の芝居も燕弥を中心に据えることに決めた。代わりの女形を立てることをやめ、またもや燕弥を舞台に上げる。

「野良犬がどこまでやれるのかご覧になりたいらしいねえ。舞台でさんざ踊らせたあとは、野良犬が無様に舞台から落っこちる様を見たいんだと」

だからこそ、森田座は次も燕弥に赤姫を用意する。芝居の演目というものは、一月は曾我《そが》もの、三月は奥女中ものと季節によって大枠が大体定められている。此度森田座がその慣いに従わないことに決めたのは、三姫という難しい大役を燕弥に演らせるためだという。

「わたしの牙《きば》がどれだけ鋭いか、思い知ればいいんだわ」

燕弥は袖で口元を隠してうふふ、と笑った。

「一度噛み付いたら、首だけになってでも離しやしませんのに」

笑みを浮かべたままの女形には喉仏がない。いや、違う。薄暗闇の中、志乃はぐっと目をこらす。この女形は喉仏が見えない角度をきちんと学んでいるのだ。

「だからね、お志乃さん。あなた、わたしのために傍にいておくれな」

実をいうと志乃は、この告白にほっとしていた。志乃がここにいて良い理由を、夫自らが教えてくれた。志乃が武家の娘としての価値で買われたというならば、志乃は武家の娘として生きればいい。なんてぇわかりやすいこと。なんてぇ道理が通っていること。

家に通って志乃に飯炊きを教えていたお民が、来なくなったのもこういうわけだったのだ。己の芸のためにとしゃぶる部分がなくなれば、すぐに切って捨てられる。

志乃は黙って畳に手をつき、頭を下げる。

燕弥のために、私は武家の女でいよう。

畳のささくれに、己の手の肉刺を押し付けた。

二、清姫

昨日、日が高いうちから降り出した夕立は長く続き、五月の川開きから毎夜打ち上げられていた花火は取り止めとなった。尺玉がしけるんじゃあしょうがねえと町人たちは泣く泣くだったらしいが、志乃としてはよしよしだった。

雨も上がってさっぱりとした七月の朝、志乃は大川《おおかわ》のぬかるんだ土手をゆっくりと進む。雨が降った次の日は蟬より蛙の声の方が大きい。だが、今日はどうにもその声の主にお目にかかれず、志乃は巾着《きんちゃく》を腰から下げたまま、あちらこちらの草むらに割り入る。時折、鋭い葉っぱが手のひらの肉刺《まめ》を引っ掻《か》いて、一寸《ちょっと》ばかり眉《まゆ》が寄った。が、痛みが少々物足りない。

このところの土手散歩で鍛錬がお留守になっていたせいだわ。川に浸した手拭《てぬぐ》いの端で、肉刺に入り込んだ泥を穿《ほじく》り出しながら、志乃は考える。家に帰って朝餉《あさげ》をとったら竹刀打ちを三十、休んで、もう四十。髪に挿す銀の平打《ひらうち》も握り込んでおかなければ。武家の女たるもの、敵の喉《のど》をつくお作法は手指に馴染《なじ》ませておく必要がある。

皐月《さつき》狂言が終《は》ねて二《ふ》タ月が経っても、志乃の手の肉刺が消えることはなかったが、燕弥の立場は相当に変わった。『鎌倉三代記』の思いもよらぬ当たりは森田座の大黒柱である座元もにんまりで、下剋上《げこくじょう》を果たした若女形《わかおやま》はここぞとばかりに持ち上げられたのだという。燕弥には此度《こたび》の夏芝居でまたしても赤姫が与えられ、毎日うきうきと稽古《けいこ》に出かけている。夜は家に帰ってこない。

「此度の芝居の相方になるお坊さまがね」と燕弥は紅を塗り直しながら、夕餉を運んでいる志乃に言って聞かせる。

「俺の家で夜通し修行講《しゅぎょうこう》を開くからお前も来いとしきりに誘ってくるのです。しようがないので、行くことにしましたがね。もう、うっとうしいったらありゃあしません」

飯も食わずにいそいそと駕籠《かご》に乗り込み、一晩帰ってこなかった。だが、志乃は、それが三晩になっても、五晩になっても黙って二人と一匹分の飯を用意するだけだ。

土手散歩を切り上げて、軒下の陰を辿《たど》るようにして家に戻った。格子戸を開けて、志乃は思わず飛び上がる。

板間の上に紅唐《べにとう》色の蟹《かに》がいる。蟹紋が縫われた背中をこちらに向ける女が一人上がり込んでいる。燕弥さま、と開きかけた口は即座に閉じた。燕弥ではない。燕弥はそのように足を崩して座ったりしない。

と、女はくるりと体を回し、志乃にその顔表を見せつけた。美しい女だった。姿勢を正すと上背があるから凄味《すごみ》があって、顔作りは鑿《のみ》で力を込めて削り出したようにぱっきりとしているのに、鼻の先や額なんかにはきちんとやすりがかけられているからまろみもある。指だって細くて長くて、柔らかそうなお手のひらと思いきや、それは荒々しく床を叩《たた》く。

「あんた、あたしの宿《やど》と密通しているでしょう」

投げつけられた言葉をほどくまでに少々時間がかかった。はっとして志乃は慌てて首を横に振る。

「そ、そんなわけがございません!」

なにせ不義密通は大罪だ。御定法《ごじょうほう》通りにいけば、志乃は死罪で、夫である燕弥が斬り殺したとて夫に対する御沙汰《ごさた》は無い。志乃が金子《きんす》を畳に滑らし、どうかここは穏便にと内済とする場合もあるが、志乃が実家の敷居を跨《また》いだ瞬間、父親の刀は志乃を袈《け》裟《さ》斬りにするはずだ。そして、こちらも父親に対する御沙汰は無し。いいや、そもそも志乃には不義密通の心当たりなど皆目無いのだ。

志乃は声を荒らげるが、目の前の女のその黒々とした目は矢尻《やじり》のように、志乃に向けて引き絞られたままだ。上がり框《かまち》にずいっと乗り上げたところで、志乃は己の手の泥に気づいた。なんとなく目の前のこの美しい女に見せるのが気が引けて、背中に両手を回そうとすると、女の目つきがびいんと志乃の手のひらを射貫《いぬ》く。

「手！」

「え」

「手を出しなさいって言ってるの！　今、隠そうとしたの見えたんだから。ここに広げなさい」

何が気に障ったか知らないが、隠したのはなんとなくで、見せて困ることなぞ何もない。志乃は泥だらけの手を差し出して、その手を検分しようと伸びてきた手にぎょっとする。左の小指が一本欠けている。女だてらに博奕《ばくち》を打つのか、もしや足抜けの花魁《おいらん》だったり。何かいわくがあるお人には違いがなくて、しかし、女にはそれを気にする様子はない。

「あたしには分かってんのさ。あんたの手はここんとこ毎日泥でべったりだったろう」

ほら、爪の間も泥まみれ、と志乃の爪をかりかりと掻く。

「それがどうかいたしましたか」

聞くと、女はふん、と鼻を鳴らす。

「あたしの宿は森田座の『夏祭浪花鑑《なつまつりなにわかがみ》』に出ているのさ」

志乃は顔を跳ね上げ、目の前のいわく女をじっと見る。

今この人は、森田座と言っただろうか。それじゃあ、その下にくっついていた夏祭から始まるお題目は芝居の名題《なだい》で、いや、でも、燕弥の話から拾い上げた演目の名は違っていたはずだ。ならば、この女は嘘をついているとそういうわけか。

だめだめ、その見立ては外れ。前に言ったはずだぜ、御新造《ごしんぞう》さん。

頭の裡《うち》に響いた声に、志乃はきしりと奥歯を噛《か》む。

一番目は時代物、二番目は世話物。その間々に大部屋、見習い役者たちの幕が入る。日の出前の明け六つから、日が落ちる暮れ七つ半までぶっ通しで演《や》るんでさあ。

そうか、だから一つの興行に二つの名題があってもおかしくはないのね。

得心しかけた己に、ああ、と志乃はため息をつく。

ついでに江戸には三つほど座というものがございまして、と奥役、善吉は森田座の遣いで家にくるたび、何かにつけて志乃に芝居の話をしたがった。中村《なかむら》座、市村《いちむら》座、森田座のこの三つしかお上の認可を受けておりません。この三つを本櫓《ほんやぐら》、その控えに仮櫓《かりやぐら》がございまして、本櫓の興行が立ちゆかない、差し止めとなった際にはこの仮櫓が代わって興行を行なってですね、なんて話が深くなってきたぐらいで、志乃は己の両耳にぐっと小指を差し込むことにしている。志乃は武家の女でなければならないのだ。芝居の話なんか頭に詰めて、武家の素《もと》が薄まってはどうしてくれる。

だから、このいわく女が密通も含めて芝居の話をしようとしているなら、早々に誤解を解いてお帰り願うべきだろう。役者の女房なんぞとお付き合いを深めるなんて、とんでもない。

志乃は一呼吸置いてから、女に「それで」と静かに話しかける。

「夏祭とやらがどうかいたしましたか」

「それが浮気の証左だって言ってるのよ」

首を傾げると、女はいきり立つ。

「泥場《どろば》よ、泥場！」

「どろば」と聞き返しておいて、ああ、嫌な予感がする。耳を塞《ふさ》ごうと思っても、その手をぎゅうと握りしめられては、どうにもできない。

「本当の泥を使っての場面に決まっているでしょう。本泥《ほんどろ》よ、本泥」

「ほんどろ」なんて呟《つぶや》きたくもないのに、繰り返してしまうのはどうしてか。

「あの呆助《ほうすけ》め、舞台の本泥のついた手であんたに触れるから、あんたの手もそうやって泥がついてるってえわけだろう！」

なにからなにまで無茶苦茶だ。

「違います。この泥は先ほど大川にいた時の泥で」

「まだしらばっくれるとは、性根がずんと図太いね。そんなら、いいわ、夜な夜な手を擦りあったお相手とご対面といこうじゃないか」

女は己の袖《そで》を捲《まく》り上げると、そのまま志乃の手首を取った。

「ご対面って、あの、どこへ」

「芝居小屋ァ！」

女にぐいと腕を引っ張られて、志乃は素直に立ち上がった。そのまま土間に降りるので、一寸ばかりその場で踏ん張ると、女がこちらを振り返ってぐっと腕を引き寄せる。その手応《てごた》えのなさに志乃は驚く。弱いのだ。まるで子人と綱引きをしている心地で、こちとら竹刀打ちで鍛えた腕に腰がある。その気になれば容易に引き倒せてしまえるはずだ。なのに、体はちっとも動かない。荒々しく土を踏み鳴らすその下駄《げた》の行き先に身を任せてしまおうとするのは、なぜなのか。

芝居小屋へ行ってみたいと思ってしまうのは、どうしてなのか。

いつの間にやら、志乃は女に手を引かれて、町中を早足で歩いている。普段の煮売り屋や紅屋へ遣いに行っている時とはわけが違う。いつもは店の軒下にできた陰に体を入れてひそひそと歩いていた。だが、この女に腕を取られて歩く道はなんだかまるで飛んでいるようで。

燕弥と住む家がある木挽町、これに堺町《さかいちょう》、葺屋町《ふきやちょう》を加えて芝居町とよび、芝居にかかわるものは全てこの中で見つかるという。江戸の三座も全てが芝居町の中で櫓を組んでいて、まあ、人心を惑わす悪者は一緒くたにまとめて押し込んでおけっていうお上のお触れなわけですよ、と頭の中の善吉が言う。役者もこの町にしか家を建てちゃあいけないんです。

声を振り払おうと志乃が慌てて右を見れば、そこには構えの立派な茶屋がある。あ、あれは芝居茶屋ですよ。金子を持ってるお大尽《だいじん》たちが芝居を見るときには、茶屋に手配させるんです。芝居終わりにゃ茶屋で一服、その日観た役者をよんだりもできやしてね、とこれまた善吉。

角を曲がったところでは羽織半天の男が紙を配っていて、志乃は思わず手にとった。大判のこいつは絵番付《えばんづけ》。右に芝居の名題とその語り。芝居の一幕が描かれた絵の下にはご覧の通り、役人替名《やくにんかえな》との役者の配役が並んでおります。燕弥さんのお名前もほらここに。

芝居小屋に辿り着くと、その豪奢《ごうしゃ》さに呆気《あっけ》にとられて仰ぎ見た。本櫓の芝居小屋は三階建て。ですが、お上には二階建て、一階、中二階、二階の造りと申し上げております。なぜって三階建てはお上のお触れに反しますので。へへ、いいんですよう、お上もその普請で目を瞑《つむ》ってんですから。一階には下っ端役者の大部屋がありまして、三階は座頭《ざがしら》や立役《たちやく》のお偉方。燕弥さんがいるのは二階ですよ。窓に向かってお手を振ったら、燕弥さんから見えるかも。

ここら辺でようやく頭の中の志乃が現れる。何をされるがままに聞いているんです。さっさと耳を塞いでしまいなさい。善吉は目を開いて驚いて、子供の癇癪《かんしゃく》を聞いたかのようにくすりと笑う。

何を言ってんですか、御新造さん。おいらの芝居話をぜぇんぶ頭の抽斗《ひきだし》にしまっていたのはあなたではないですか。一言一句欠けないように、きちんと風呂敷《ふろしき》に包んでいたじゃあないですか。いわく女に芝居町まで連れられてきたのを好機と見て、おいらから聞いた芝居話を周りの景色にぱちりぱちりと当てはめているんでしょう。どうです。芝居茶屋も番付も小屋も、おいらの話通りのものだったでしょう。

でも、そんなことしていいんですか、御新造さん。あなた、武家の女じゃなくって、役者の女房になるおつもりですか。

「いいや、そいつは許されねぇんですよ」

突然聞こえてきた男の声に、志乃はびくりと肩を震わせた。気づけば、志乃は女とともに芝居小屋の正面に立っている。目の前に見える小さな入り口は、たしか鼠木戸《ねずみきど》と言うのではなかったか。その鼠木戸横に備え付けられた番台には男が座り、上から二人に向かって苦笑いを浮かべている。このお人が入場の際に木戸札を集めるという木戸番で、とまたぱちりぱちりとやっている己の頬をぴちりと叩いた。その間に木戸番は女に向かって長いため息を吐く。

「何度も言っていやすが姉御ォ、芝居小屋は女人が入っちゃいけねえところなんです。小屋の中柱に貼ってある女人不可入《はいるべからず》の札は、その目でお確かめになったじゃありやせんか」

「夫の仕事場を妻が訪ねて、何が悪いってえの」

「俺っちに言われましてもねぇ」

木戸番は腕を組み、うむうむと適当に唸《うな》ってから「でも、まあ、なんです」片目でちらりと女を見やる。

「今日はうんと気持ちのいいお日和ですから、眠気がすぐ忍び寄ってきやすねえ。もう少ししたら、俺っちも船なんか漕《こ》いじまったりしちまいそうだ」

「こんの吝臭《けちくさ》」

低く吐き出し、女は番台の上へ巾着袋を置く。木戸番はにんまり笑みを浮かべた。

そいつを己の袂《たもと》に入れて、ざくざく揉《も》んだかと思ったら、

「おや、昨日降った雨のせいかな。あんまり良い音じゃないようで」

ちいっと雷のような舌打ちのすぐ後に、も一つ金子入りの巾着袋が番台に叩きつけられる音が晴天の下、響き渡る。「いい音ぉ」と芝居めいた掛け声を寄せてから、木戸番は言う。

「旦那《だんな》方は三階の稽古場ですぜ」

鼠木戸をくぐったその先は、まるで世界が違っていた。廊下を進むたび色々とすれ違うのだが、その匂いと色と音はどれも志乃が初めて感じるものばかりだ。

廊下を走る大道具方が両手で抱える馬の頭は、これまで何人もの大部屋役者たちが頭を突っ込んできたのか、近づく前から顔中に皺《しわ》がよるほどに汗臭い。今すれ違った男が右手に持っていた伊達《だて》兵庫《ひょうご》に結われた鬘《かつら》は、水浴びをしたばかりの烏《からす》の濡羽《ぬれば》色。左手の振袖は総鹿子《そうがのこ》絞りの薄柳《うすやなぎ》。廊下の隅に座り、首を捻《ひね》りながらべんべんと慣らしていた囃子《はやし》方《かた》の三味《しゃみ》線《せん》は、まだ志乃の耳奥で鳴り響いている。志乃の鼻も目も耳も皆総出で立ち働いて、体はかっかと燃えていた。

小屋の中身に戸惑っている間に、足はもう三階の段梯子《だんばしご》を登り切っていた。左右に暖簾《のれん》を下げた部屋が並び、真ん中には幅広の廊下が一本ずいいと延びている。廊下の

板の上には、華やかな着物を身につけた者たちが大勢だ。ぴたと動きを止めて、こちらに視線を寄越《よこ》している。その中から一人、志乃たちの前に出てきた男の着物はひときわ色目が艶《あで》やかで、帯にあしらわれている蟹は、はて、どこかで見たことのある紅唐色。

「おいおい、また来ちまったのかい」

男はため息を吐きながら、「しかも芝居の稽古中によお」その長い指で鬢を掻く。

「女は芝居小屋に入っちゃならねえ。何度言ったらわかってくれんだよ」

なあ、お富《とみ》。男にそう呼びかけられて、

「それが小屋の理《ことわり》だからってんだろ」

乗り込み女はふんと鼻息を荒くする。

「あんたは芝居の仕来《しきた》りだの、小屋の理だのをすぐに己の盾につかうけれどね。あたしにとっては、そんなの知ったこっちゃあないんだよ」

お富とよばれた女のこんな言い草に男はゆっくりと足を進める。差し向かう二人の背中と腹には同じ紅唐色の蟹が這《は》っている。

「知ったこっちゃないって、お前は俺っちの、大芝居の役者の女房だろうが。ちいとはそれに相応《ふさわ》しい立ち居振る舞いをしてもらわねえとさ」

言いながら、己の帯をきゅっと扱く立ち姿《しご》には、華がある。華は華でも大輪で、

「そんでもって、お前の旦那、初野寿太郎《はつのじゅたろう》は名題なんだぜ」

志乃は一人得心した。

名題ってのは、一等位が上の役者でしてね、給金だって千両を取るお人だっていらっしゃる。そこにいるだけで、ぱあっと目を引くもんでさあ、とはこのことか。名題ともなれば、贔屓《ひいき》へのお付き合いも立派な仕事。

「贔屓に芝居茶屋に呼ばれて、奥方の手を握りしめることとなんてざらにあらぁ」

「その手を尻に回す必要がどこにあるってんだい」

「おいおい、その話は蜜豆《みつまめ》尽くしで手を打ったろ」

「打ってやったのさ。なのに、二タ月もしねえうちに別の女の手を、泥が爪の間に入り込むまで揉み込んでやがる！」

「だから、泥の女はお前の勘違いだと、今朝方もそう言ったじゃねえか」

「舐《な》めるんじゃないよ！」

お富はそう言い捨てて、後ろで縮こまっていた志乃の肩に勢いよく手を回した。そのままぐいと背中を押され、志乃は寿太郎と呼ばれた男の前に引き立てられる。

「お前の密通女をこうして連れてきてやったんだ。素直に白状しやがれ！」

お富の夫と顔を合わせるが、勿論《もちろん》志乃に見覚えはない。こんな顔なら、一度会ったら目蓋《まぶた》に焼き付いているはずだ。目やら鼻やら顔の品々は形が良いから、眉が下がるだけでその困惑振りがよく分かる。

「おい、お富。誰だい、このお人は」

「これでもまだ、しらばっくれる気かい！」

怒り狂うお富を寿太郎が宥《なだ》め、どうやら志乃のお役目は終わったようだ。ふと気付いて、まわりを見回すと、遠巻きの役者たちは随分と呆《あき》れたような表情をしている。中でも女子《おなご》の格好をしている女形たちは、男姿の役者らの後ろに身を隠し、くすくすと笑い声を上げている。志乃は一寸のうちに顔が赤く染まるのが己でわかった。

男が演じる女子はそっと身を引き健気《けなげ》に男の陰に隠れ、片や現《うつつ》の女子は稽古場に乗り込み癇癪を起こして地団駄を踏む。

どう考えても女形こそが女としての理想の姿で、現の女ははしたなくって醜い。志乃はお富のそばにいるのがなんとも恥ずかしくなってくる。だが、暴れ回る現の女には女形の姿など一切目に入らないらしい。廊下に転がっていた書抜《かきぬき》を拾い上げ、寿太郎に投げつけようとする。そのお富の手首を、ぐっと摑《つか》む手があった。

「危ないねえ。俺たちのお姫さん方のお顔に傷でもついたらどうしてくれるんです」

凛《りん》しゃんとした声音だった。お富の手を静かに、それでもきっちりと捻り上げると、書抜を取り上げ寿太郎に預ける。その仕草は声に負けず劣らず、菖蒲《しょうぶ》の葉を一本挿したような涼やかさがある。

「癇癪玉はぐっと押さえ込んでいただかねえと、お富さん。あなたも役者の女房なんですから、舞台の上の女子を見て勉強なすってはいかがです」

厳しい言葉に志乃は思わずお富の様子をうかがったが、お富はそっぽを向いている。

すると男は廊下の端で身を隠している一人の女形の手を取った。

「そうだよ、ねえ清姫《きよひめ》」

言いながら、男は女形の顔を覗《のぞ》き込み、それからくすりと笑みをこぼした。

「何だい、今日もご機嫌が斜めってわけかい」

女形は男の手を振り払い、まっすぐに志乃に向かってくる。その姿を見るのは数日振りで。

そうね、と志乃は目を瞑る。そうよね、いらっしゃるはずだわよね。小屋に入る前に一度あっとは思ったけれど、目の前に鼠木戸が開いていれば、くぐらずにはいられなかった。

縮こまり、頭《こうべ》を垂れている志乃の脳天に耳馴染みのある声が落とされる。

「よくもまあ、こんなところにのこのこと顔を出せたものですね」

今日の燕弥の役の漬けが甘いのは、せめてもの救い。燕弥が夏芝居で割り当てられた役は殊更性格がきついのだ。

「女形の女房は、その存在を知られてはいけないものだと散々そのお粗末な耳に言って聞かせたはずですけれど」

立役に、嫁を娶《めと》ったのかと聞かれれば、女形はぽっと頬を赤らめなければいけないものだとも聞いている。女形は女房がいることを世間からひた隠しにしなければいけないから、志乃、お前、そこのところはようく頭に刻み込んでおくんだよ。燕弥は何度も志乃にそう言い聞かせていた。

だからもう、志乃は出来るだけ体を小さくすることしかできない。だが、そんな燕弥に男はなんでもないように話しかける。

「そいつはあんまりだ。芝居のことを何も知らない素人《とうしろう》さんだろう。皆の前で苛《いじ》めちゃ可哀想だよ」

男が出してくれる助け舟も菖蒲の葉で作ったかのように涼やかだ。燕弥は男を睨《ね》め上げる。

「ご迷惑をおかけしたことは頭を下げますがね、仁左次《にきじ》さん。これはお前様には係りのないお話でございますよ」

「あれまあ、つれないじゃないか。お前の愛《いと》おしい坊主にそんな言い方」

「今、立っているこの板が檜《ひのき》でないことぐらい、お前様の御御足《おみあし》ならようくご存知のはず」

「檜舞台の上と現じゃ違うってことかい。なんだい今日はついてない。もっと役に漬かっている日であれば、耳をぽっと赤くしてくれるのにね」

「またそうやって嘘をつきなさる。その出まかせのせいでわたしに鐘の中で焼き殺されることを、覚えていらっしゃらない？」

「お。それじゃあ、お前は蛇になって俺を追っかけてくれるんだね」

「仁左次さん。転合《てんごう》がすぎますよ」

「そんな恐ろしい顔で睨《にら》むんじゃないよ。女形ならもうちっとしおしおしくてもいいんだぜ。清姫が板につかねえ、助けてくれって泣きついてきたら、考えてやらんでもないんだからさ」

「あら、仁左次さんだって川渡りに随分手こずっているご様子で。あれじゃあ、すぐに川で追いついて、お前様を頭からざんぶり喰《く》ってしまえます」

「こいつぁ面目がない」

目の前でぽんぽんと交わされる言葉の応酬に、志乃は目を丸くする。怒り狂っていたはずの燕弥の顔の強《こわ》ばりは少しずつ解け、言葉尻には時々、ふっと息を漏らしたような笑みが挟まれる。声音もどんどん柔らかくなっていて、まるで、燕弥が男から女に戻っているようで。あれ、と志乃は己の胸のあたりを撫《な》でた。つきりと針を差し込まれるような痛みは思い違いか。あんなにも志乃を憎々しげに見ていた目は、仁左次と燕弥が呼ぶ男にだけ注がれている。

「清姫様のお眼鏡に適《かな》わなきゃならないからね、もうちっと稽古、させておくれな」

その声を皮切りに、尻っ端《ぱしよ》折りをした男たちが段梯子を上ってきた。あれが場内の喧嘩《けんか》を押さえる役目の留場《とめば》たち、と志乃がぱちりとやる間に、お富は手足を振り回す甲斐《かい》なく、階下へ押しやられていく。志乃は逃げるようにして留場たちの背を追う。

「この舞台にも箔《はく》が付いたじゃないか」涼やかな声が後ろに聞こえる。

「清姫の舞台に、堺町の清姫がご登場なんてさ」

それに、と差し込まれた声は、涼やかというより冷たくて痛い。

「燕弥の女房殿に御目通り叶《かな》ってよかったぜ」

志乃は段梯子を降りながら、菖蒲の葉は刀のように鋭いことを思い出していた。

志乃とお富はそのまま芝居小屋の裏手に放り出されたが、どうにもお富はこの扱いに慣れているようで、たたらを踏んだ足でそのまま大通りへと歩き出していた。志乃が呆気にとられている中、屋台で冷や水を購《あがな》うと、白玉が浮く錫《すず》のお椀《わん》を志乃の手に押し付ける。

「悪かったわね、浮気相手はあんたじゃなかったみたいだわ」

颯爽《さっそう》と去っていく女に、志乃は口をぽっくり開けるしかない。女の後ろ姿が辻を曲がって志乃はようやっと我に返った。早足で家に帰ったが、案の定、燕弥は家に戻ってこなかった。蛙の鳴く声を聞いている間にしらじら夜が明けていた。

「お詫《わ》びがしたいのよ」と手を握ってきたその細腕をどうしてこうも振り解《ほど》けないのか、志乃は道中引きずられながら考える。

だって、小屋乗り込みにお供した日から志乃は散々だ。

亭主は三日家に帰ってきやしないし、善吉からは、今、森田座の中では役者女房の悪評が回りに回っていることを無邪気に伝えられた。くわえて、志乃の脳裏には芝居小屋の様子がこびりついて離れない。汗の臭いに振袖の色に三味線の音は未《いま》だに志乃の心をつついてくる。頭に浮かぶのはそれだけでない。笑みを綻《ほころ》ばせている燕弥に、仁左次というあの男。志乃を値踏みするようなあの目線。

そんなことを思い出していたので、小屋乗り込みの悪玉に無理やり店の床几《しょうぎ》に座らされても、志乃は抵抗ができなかった。

「ここの甘味処は、くず餅《もち》が人気なんですって」と言いながら志乃に何も聞くことなく店の娘に注文をしている。かと思いきや、

「なに。あんた、十海屋《とおみ》贔屓？」と店娘が帯に提げている根付を指でつまみ上げ、いきなり突っかかっている。戸惑う店娘の上から下までを睨めあげて、ふんと一つ鼻息を飛ばし、「行っていいわ」と手で払う。

「あれが船橋屋《ふなばし》のお滝《たき》ってわけね」

お富は店の奥に引っ込む背中の帯結びを目で追いながら、麦湯を啜《すす》る。

「あんな狆《ちん》くしゃが番付で横綱をとるってんだから、江戸雀の目はやっぱり鳥目さね」

その名前は知っていた。燕弥がまだ家に帰ってきていた頃、燕弥は一枚の紙を広げながら、その名を何度も口にしていて、稽古の合間をぬって店に行く算段を志乃に話して聞かせた。お滝は顔に愛嬌《あいきょう》があって、その顔作りを勉強するのだという。その日の夜、鏡台の前に座り、鏡に映った顔をまじまじと見ている己に気が付いて、おぞましく思ったことも覚えている。だが、この女はそのおぞましさを隠さない。

「腰のあたりもずんぐりだし、あたしの敵になりゃあしないわね」

どうにも聞いていられない。志乃は「あの」と大きな声で遮った。

「あの、私はお詫びなぞ必要ないと先ほど、再三申し上げたはずですけれど」

「でも、ここのくず餅、本当に頰《ほ》っぺたが落ちるほど美味《おい》しいのよ」

言っている間に、黒塗りの皿が床几の上に載せられる。

「蒸籠《せいろ》で蒸した角切り餅はねっちりで、黒蜜ときな粉がいい塩梅《あんばい》なの。一切れだけでも、食べるべきだわ。これを口に入れないでおっ死《ち》ぬだなんて腹の虫が可哀想。それにせっかく亀戸天神《かめいどてんじん》まで連れてきてあげた甲斐がないじゃない」

お富のあまりの押しっぷりに志乃は仕方なく、皿の上の一切れを口にする。すると、大振りの口の両端がにんまりと吊《つ》り上がった。

「食べたわね、食べた食べた」

まわりの客の迷惑そうな目も気にせずお富は騒ぎ立て「食べたからには付き合ってもらうわよ」と一切れかけた皿を志乃の鼻先に突きつけてくる。

「小屋に乗り込んだ時のお詫びは前の冷や水で済んでるから、このくず餅はこれからの仕事のお駄賃ってわけ」

黙って席を立とうとすると、「ちょっと、やだ！」志乃の袂をお富は両手で握りしめてくる。

「待ちなさいよ！　お侍の娘って義理堅いんじゃあなかったの。一飯の恩を放り出しちまっていいわけ？」

待ってと言いたいのはこちらの方だ。志乃は眉根を寄せながら、再び床几に腰を下ろす。

「どうしてそれを？」

「ん？」

「私が武家の娘であることを、あなたはどこで知ったんです？」

思いもよらぬ部分での食いつきだったようで、お富はわたわたと己の懐を探る。

「これよ、これ」

差し出されたのは端がくるりと捲《めく》れ上がっている小さな本だ。志乃はそれを膝《ひざ》の上に乗せ、表紙をなぞる。

「めいちょうばなし？」

『女意亭有噺《めいちょうばなし》』と題書きされた表紙をめくって中身に目を通してみれば、鸚鵡《おうむ》やら孔《く》雀《じゃく》やらの鳥たちがおしゃべりをしている体《てい》になっていて、志乃はふむ、と両国《りょうごく》あたりの見世物小屋を思い出す。巷《ちまた》では、唐《から》渡り、阿蘭陀《オランダ》渡りの鳥の見世物が連日大入りの人気だそうで、その鳥たちを名鳥《めいちょう》と呼ぶ。

「鳥の評判記か何かですか」

名鳥たちに己の評判を喋《しゃべ》らせているのだろう。そう考えた志乃の答えは「違うわよ」とすぐさま切って捨てられる。

「あんた、知らないの。これは役者女房の評判記。役者の女房の顔や性根なんかが書かれてあって、それぞれ位付けがされてあんのよ。下から、上に、上上、上上吉に、極上上吉って感じね」

檻《おり》に入れられ見世物になっている名鳥たちを役者の女房たちが見物にやってきた。女房たちは、あの毛の色は紅で染めているだの人の言葉を喋らない駄目鳥だの好き勝手に品定めをして、帰っていく。怒った名鳥たちは意趣返し、役者女房たちの品評をその嘴《くちばし》に乗せて、役者女房評判記のはじまりはじまり、とそういうわけらしい。

「もちろん、あんたの名前も載ってるわよ。そこに武家の娘って書いてあったの」

こんなものがこの世にはあったのか、と志乃はただただ仰天だ。

役者の評判記は燕弥の部屋に高く積まれていたから知ってはいたが、役者の女房までもが位付けをされていたなんて。それなら、役者の評価に女房の行動が響いてくることもあるわけで。志乃はぎゅうと膝の上で拳《こぶし》を握った。小屋乗り込みをした己の所業が悔やまれる。やはり私は部屋の奥に籠《こも》って出てくるべきではなかったのだ。

「そんでもって、くず餅分の仕事の目当てはこいつ」

評判記をぱらぱらとやって、お富は一人の女房の名前を指し示す。

「お才《さい》……さまですか」

位は上上吉。亭主への献身ぶりは目を見張るものがあるが、顔は地味なお多福で、体もこぢんまりとした太り肉《じし》。上を抜いてやりたいところだが、森田座の座頭、駒髙《こまだか》屋の女房とあっては上上吉をつけるしかないとの文言は、ああ、やっぱりと志乃を怯《おび》えさせる。夫の評価に女房の評判が関わっていることで間違いない。

「あたしの宿も曲がりなりにも森田座の名題なわけだからさ、色んな伝手《つて》を使って探りを入れてみたわけよ。すると、このお才って女が滅法怪しいときたもんだ」

お富は笑みを浮かべているが、その右手の人差し指は紙面の名前に爪を立てている。

「そいつを志乃、あんたに追ってもらおうと思ってね」

「へ」

思わず呆《ほう》けた声が出た志乃の肩を、「安心しなよ」とお富は何度も叩く。

「なにもお才の居所を突き止めてこいってんじゃないわ。あの盗人《ぬすっと》猫、どうも図抜けて真面目な性根らしくて、ほとんど毎日同じ道、同じ刻限、同じ店に通うのよ」

床几の上に広げられた一枚の紙には、店名などが事細かに書かれていて、意外にもその書き文字は整っている。

「志乃がお才を見張っている間、あたしは他の女を追うからさ」

手前勝手に進められていく話に、流石に志乃も腹がふつふつと煮えてきた。こちとら先の小屋乗り込みで燕弥の評価を下げたのではと怯えているのに、悪の親玉は前のめりになって志乃に笑いかけるこの態度。

「あのすかたんの密通相手、絶対に暴いてやるんだから」

にいと歯を剝《む》き出して笑うその顔があんまりに無邪気で、志乃は堪《こら》え切れずに立ち上がった。

「恥ずかしいとは思わないのですか！」

お富は目をまん丸にしてこちらを見上げている。周りの客たちの目線を志乃はうなじあたりに感じたが、口を閉じることはできなかった。

「女で悋気《りんき》をおこすなど、はしたないにもほどがあります！　あなたは恥というものをお知りになった方がいい！」

お富の悪びれない姿が志乃には腹立たしい。この人は女のおぞましい部分を隠そうとしない。その心の持ち様がなぜだか志乃を苛々《いらいら》とさせるのだ。

小屋の中、女形たちに女としての完璧《かんぺき》な姿を見せつけられて、この人はなにも思いやしなかったのだろうか。志乃とは違い、女形ではなく立役の女房だからか。それとも、己の見目が美しいからか。

志乃は近頃、恐ろしい。己は女であるのに己よりも完璧な女が傍にいることが、とんでもなく恐ろしい。燕弥が家に戻ってこないことはよろしくないと思うけれども、それと同時にほっとしている己もいる。燕弥を目の前にすると、志乃は女としての価値を問われている気がしてならない。そんな己は惨めで、哀れで、哀れに思う己が嫌で――、

「何よう。そんなに怒んなくたっていいじゃない」

しゃくり上げる泣き声に志乃ははっと我に返った。お富の顔の上では、その目玉に相応しい大粒の涙が次から次へと溢《あふ》れていて、志乃は慌てて床几に座り直した。おろおろと手拭いを差し出すが、お富はそれを受け取ろうとしない。仕方がないので、お富の顔をそっと拭ってやる。こういうとき志乃はどう動いていいかがわからない。外に出ず、稽古事も家内だった志乃には、同じ年頃の女子と触れ合える機会なぞそうそう無かった。

すんすんと洟《はな》を啜る音が聞こえるようになってから、志乃はようやくお富の顔を覗

き込む。

「清姫さん」

「なんなのその呼び方。馬鹿にしてんの」

「い、いいえ！　役者の方がそのように呼んでらしたので、これは良い呼び名なのかと」

「違うわよ、清姫ってのは今回の芝居のお姫様《ひいさま》の名前。あんた知らないの？」

首を横に振ると「安珍《あんちん》清姫のお話よ。聞いたことないわけはないでしょう」言われて、もう一度首を横に振れば、お富はふうんと言ってから、あのねあのねと志乃に顔を寄せてきた。こいつは芝居話に違いない。志乃は耳の穴に小指を入れそうになったが、また泣かれるのはご勘弁で、仕方がなく手を下ろす。

「安珍ってのが、そりゃもうひどい男なの」

お富が尻をこちらに寄せる。お富の手に触れた餅入りの皿が茶碗《ちゃわん》に当たって、カンと鳴る。

「ひどい、とは？」

「清姫が一目見て岡惚《おかぼ》れして恋心を寄せるのに、安珍は相手にしない」

「清姫というのは」

「紀伊国《きいのくに》の豪族の娘ね。ちなみに安珍は奥州白河《おうしゅうしらかわ》から熊野《くまの》を目指す旅の僧侶《そうりょ》」

皿がまたしてもカカン、と鳴る。見れば、にんまり笑みを浮かべたお富が黒塗りの箸《はし》を持ち、それを皿に打ち付けている。志乃は聞こえなかった振りで問う。

「それは、僧侶が相手にしないのも仕方ないのでは」

仏門に入った身に女人は禁忌だ。

「ならきっぱり断ればよかったんだわ。まあ、安珍には清姫に泊めてもらってるっていう恩義もあったんだろうけどもさ、安珍がのらりくらりと躱《かわ》すもんだから、焦《じ》れた清姫は夜這いする」

「な、なんて不埒《ふらち》な」

カン、と打つ。カカン、と打つ。カン、カカカカカカ……

「布団に入り込む清姫を安珍はぐっと押し留《とど》め、優しく囁《ささや》きなさるのよ」

カカン。

ああ、清姫。今の私は参詣《さんけい》の旅の身、成すことを成せば、帰りにここ紀伊国に寄ってどうぞお心に添いましょう。

清姫は待ったわ。思いを寄せたお人の言葉をひたすら信じて、ずうっと待った。でも、何日経っても安珍は現れやしないし、音沙汰もない。清姫は方々を探して聞き回る。どなたか、あのお人を知りませんか。上背があってお顔が優しくて、とっても誠実なお方なんです。お気の毒さまだがね、と応えは同じく清姫のところに泊まっていた旅人に返された。あれはお坊さまの困った末のその場しのぎの嘘だったのさ。若い娘の戯言《ざれごと》なんぞ明日にでもころっと変わるだろうと、そういう目論見《もくろみ》だったんじゃあねえのかな。

そうです、安珍は参詣を終えると、清姫との約束を守ることなく、さっさと白河に帰ってしまったというのです。とんでもないお姫様に好かれちまったものだ、と安珍さまは言っておりましたよ。女中が清姫に囁きます。安珍は美しい僧侶だったので、女中たちから清姫への意地悪も含まれていたに違いありません。迷惑だなんて思われて、ああなんて可哀想なお嬢様《じょうさま》。もう一人の女中も清姫に囁きます。安珍さまは二度と戻ってやきませんが、どうかお気を強く持ってくださいましね。

「女中はそんなことを言ったのですか！」

傷心の主人に対してなんたる仕打ち。勢い余って床几を片手で叩いてやれば、お富は面白がるように眉を上げた。

「女中のところはあたしが勝手に作ったお話よ」

「もう、何なんです！」と憤慨すると、お富はにやり顔をよこしてきた。

「安珍清姫も知らないくらいだから、芝居にゃ興味がないんだと思ったら、何だい、あんたも芝居が好きなんじゃない」

志乃は寸の間、ぽかんとしていた。それから慌てて言い訳を並べ立てようとする前に、お富は「でも清姫はね」と言葉を続ける。

「そんな酷《ひど》い仕打ちを受けても、まだ安珍に惚れていたんだよ」

カカン。

安珍が帰路についていると知って、清姫は裸足《はだし》で駆け出した。走って走って、上野《うえの》で安珍に追いついた。安珍さま、どうして私を置いて行ってしまわれたのですか。すがる清姫の手を安珍は振り払う。どうも人違いをされているようで。私は安珍ではありません。果てに安珍は熊野権現に助けを求め、清姫を金縛りにして逃げ出した。ここで清姫の怒りは天を衝《つ》く。安珍を追いかける足は二本から四本、いつしか這いずり、肌の上を鱗《うろこ》が覆う。口が裂け、舌が裂け、ついには蛇の体へと成り代わる。安珍は日《ひ》高川《だかがわ》を船で渡る。振り返れば、川の中、大蛇が鎌首をもたげて体をくねらせている。安珍が逃げ込んだのは道成寺《どうじょうじ》。寺の人間に頼み込み、下ろしてもらった梵鐘《ぼんしょう》の中へ安珍は身を隠したけれど、蛇は鐘に巻きついた。口から火を吐き、哀れ安珍は鐘の中で焼き殺される。清姫もそのまま川の中へと身を沈め、はかなくなってしまうのよ。

「当たり前の結末ですね」

語り通しのお富に茶碗を渡してやりながら、思いの外、冷たい声が出た。

「どういうこと」

一気に麦湯を飲み干し、お富は素直に聞いてくる。

「お坊さまに思いを寄せたりするから、清姫は蛇になんぞなるのです。世の律から外れた者には似合いの結末、因果応報とはこのことかと」

言い終えた瞬間に、あっと思った。目の前のお人を清姫と呼びかけておいて、その清姫をこき下ろした形になってしまった。

「申し訳ありません」と志乃は俯《うつむ》くが、お富は「いいのよ」とあっけらかんだ。

「だってあたし、堺町の清姫って渾名《あだな》、結構好きだったりするもの」

お富はくず餅のひとつを箸で突き刺した。

「寿太郎め。あたしに嘘なんかついていてみなさい。安珍みたいに丸焼きにしてやるんだから」

くず餅を迎えるその舌に志乃は目を見張る。今、お富の舌先は二股《ふたまた》に分かれてはいやしなかったか。まるで蛇のようにちろちろと黄粉《きな》をねぶってはいなかったか。

「こいつが此度の芝居の下敷きのお話ね」

志乃は一度目蓋を閉じた。阿呆《あほう》か、お志乃。そんなの見間違いに決まっている。目を開け、二切れ目を頬張るお富に問いかけた。

「お芝居の内容ではなかったんですか」

「『京鹿子娘道成寺《きょうがのこむすめどうじょうじ》』は所作事よ」

麦湯を啜りながら「踊りよ、踊り。でもって、安珍清姫の後日譚《ごじったん》」と付け加える。

「蛇が川に沈んでからもう何十年も経った後のこと。道成寺では鐘の追善供養のために坊主が沢山集まっている。師匠の御経を聞くのが気が重いってんで物臭《ものぐさ》言ってんの。そこに突然、美しい女が一人やってきた。女は白拍子《しらびょうし》。名を花子《はなこ》。踊りを生業《なりわい》としている女で、鐘を拝ませて欲しいと言ってくる。寺は女人禁制だけど坊主たちは娯楽に飢えてる。鐘を見せることの条件として、踊って見せよとそういうわけよ」

そこからは白拍子花子の舞尽くし。坊主が喜んでいる間に、白拍子花子はいつの間にやら鐘に近づいている。気付いた坊主たちが止めるが、白拍子花子は鐘の上へとよじ登る。鐘の中に入ったかと思いきや、白拍子花子は蛇に変わって火を吐き散らす。

そこで、男がご登場。

「どなたです？」

「大館左馬五郎《おおだてさまごろう》なんて名前がついてるけど、こいつは今までの芝居には関係がねえのさ。要は強い男が、化け物が芝居から現に出てこないよう、押し込んでやるのが肝要ってわけ。天晴《あっぱ》れ、左馬五郎の押し戻しで幕が下りる」

ここでお富は茶碗を床几に置いた。カカンと高らかな音が鳴る。

「菊之丞、富十郎《とみじゅうろう》に半四郎《はんしろう》。飛び切りの名女形たちが踊ってきた演目よ。能の趣向も取り入れて、町娘になったり遊女になったり、恋の模様を様々な流行《はや》り唄《うた》に乗せて舞う。女形の素敵がこれでもかと詰め込まれていて、だからこそ、あんたの宿は困ってるんじゃないの」

「燕弥さまが困っておられる？」

そういえば、あの菖蒲の立役も燕弥に向かって、泣きついてこいなどと声をかけていた気がする。

「時姫で一発当てたからって、乙鳥屋なんて所詮《しょせん》、種をこじ開けられて芽を引っ張り出された中二階にすぎないのさ。名女形たちとは種から違う。先人たちの演り方をなぞったところで敵《かな》いっこねえ。付け焼き刃じゃあどうにもなりゃあしないのさ」

お富はもう一皿くず餅を頼み、そのついでとばかりに志乃に言い添える。

「だから、あんたの宿、この夏芝居で終わりだね」

かちんときた。

「あなたの亭主も森田座の役者なんでしょう。それなら、座を盛り上げるためにも困っている女形を助けようと動いてくれたっていいではありませんか」

「言ったでしょ。あたしの唐変木は道成寺には出ないの。夏祭の方で手一杯」

「その夏祭ってのはどういう演目なんです。道成寺よりも面白いのですか」

噛み付くようにして問う志乃の顔を見て、お富は咥《くわ》えた楊枝《ようじ》を上げ下げする。

「あんたって芝居のこと、本当に何にも知らないのね」

言われて、志乃は頭から水をかぶったように一気に冷えた。そうよ、そうよね。私はそうあるべきだった。己の頭の中の風呂敷をきゅっと締め直し「知らなくて良いのです」その結び目の上にもひとつ固結び。

「女房は亭主の仕事に口を出してはいけませんから」

「今更なによ」お富は楊枝をぷっと吐き出す。「あれだけ前のめりになって芝居の話を聞いてた癖に？」

ふふんと鼻で笑われても、冷え固まった志乃はもう動じやしない。

「私は武家の娘ですから」

己に言い聞かせるように志乃は言う。

「変なこと言うわね。あんたは武家の娘だっただけで、今は燕弥の女房でしょ」

「いいえ、武家の娘です」

嚙み付き返してくるかしら。志乃は少し身構えたが、その大きな目に険が走る様子はない。

「お侍様の矜持《きょうじ》だかなんだか知らないけどもさ、そう周りに言い聞かすのはちいとば
かし難しいんじゃない？」

「どういうことです」

「そんなのもう、抜けてるに決まってるもの」

志乃はお富を見た。店の娘が追加のくず餅を盆にのせて持ってくる。

「あたしも水茶屋の娘でね、店のあれこれは小さい頃からおとっつぁんに仕込まれて
たけど、今じゃあ欠片《かけら》も覚えちゃいないもの」

語るお富の横顔には、店の娘のような頰を伝う汗は似合わない。

語るお富の小袖には、店の娘のような前掛けは似合わない。

「ね、それ食べないなら、あたしに頂戴《ちょうだい》な」

言われるがままに皿を持った己の手に、志乃はぞっとした。痛くない。今までとん
と気付かなかったが、手のひらが全く痛くないのだ。前にお富が家に押しかけて来た
ときは、何をするにも肉刺が痛んだというのに。見れば、肉刺は小さく薄くなってい
て、それは志乃が竹刀振りに勤《いそ》しんでいない何よりの証拠だった。志乃にとって肉刺

の消失は目眩《めまい》を起こしそうなほど恐ろしい事態で、帰り際、お富が紙を懐に差し込んできても、志乃は眺めていることしかできなかった。

家に戻り、志乃は二晩かかって己の頭の中の抽斗を全て開けた。風呂敷の結び目も丁寧に解き、中に入っている芝居事にひとつひとつ名札を提げていく。名前をつけたらもう一度己の中に戻すのだ。燕弥はやっぱり家に帰って来ないので、志乃は余計に集中できた。

武家の女という価値だけに頼っていては、いけないのだ。志乃は悟った。百まで踊りを忘れないのは雀だけ。志乃はあと半月も経たぬうちに竹刀の握り方さえ忘れているかもしれない。

実際に志乃は簪《かんざし》の握り方を今の今まで忘れていた。今日の志乃は、燕弥贔屓の女子たちが訪ねてきた日のように、後ろから袂を引かれても、己の髪に手を伸ばせない。伸ばしたところで、志乃が今日髪に挿しているのは銀の平打ではなく玉簪で、これでは敵の喉を突くことなどできやしない。あんなにも武家の女としての作法を叩き込まれてきたにも拘《かか》わらずだ。

だから志乃は、武家の娘も残しつつ、役者の女房の価値も手に入れることに決めた。武家の娘が己の中からいなくなってしまったときに備えて、役者の女房も己の内に住まわせる。こいつがいいわ。一人嬉しくなって手を叩くと、薄暗闇の部屋の中、油皿の灯心が小さく揺れた。

それに、子を作れば女としての価値も加わることになるし、そこまでいけば、そう簡単には追い出されやしまい。価値は多いに越したことはない。志乃は掻巻《かいまき》に包《くる》まってうとうとと考える。

武家の娘であるには、未だ志乃の中に残っている実家の教えを決して手放さないこと。女であるには、子を作ること。では一体。

どうあれば、私は役者の女房になれるのだろうか。

志乃は、懐に入れていた紙をそうっと開いた。

朝六つ、煙草屋で購うのは越後《えちご》の大鹿《おおじか》、草の刻みは極々細かく。昼五つ、水菓子の屋台で真桑瓜《まくわうり》を五つ買う。あまり熟していないのがお才の夫、理右衛門《りえもん》のお好みらしい。絵草紙屋では売れた夫の役者絵を数える。寿太郎の役者絵を見つけたら破いておくように、というのは、お富の手前勝手な願いだろうから、志乃は歩きながら、紙に筆を走らせて墨塗りにしておいた。その間にも、お才は呉服屋の暖簾をくぐっていて、志乃は慌ててその背中を追いかける。

　この日、朝餉を終えた志乃はふと気付けば、懐で二日温めていた紙を開いていた。あのお富さんが作ったにしては刻限と店名がきっちり正確に書かれてあるのね、と思った頃にはもう、志乃は下駄を履いていた。そうして、お才の跡をつけているわけだが、志乃は決してお富の浮気相手探しに手を貸しているわけではない。これは己のためなのだ。

　名題役者の女房が相手ともなると、呉服屋の番頭が自ら畳に上がって反物を丹念に説明している。お才の目の前に広げられている生地は、遠くからでも上等なのが丸わかりだ。

　やっぱり値の張るものを沢山購ってこそ、役者の女房なのだろうか。

　いや、でも、と志乃は畳に並べられた反物から、それを手にとるお才へと目を滑らせる。

　お才の見目ははっきり言ってみすぼらしかった。顔の上に並んだ品々は、大きくもなければ小さくもない。〝へのへのもへまろ〟で済ませてしまえるほどの特徴の無さ。顔と体は丸みを帯びてこぢんまりとしていて、それを包む小袖も渋味が強く華やかさはどこにもない。豪奢で乙粋《おついき》との前書きがついて回る役者の女房だとはどうしても思えなかった。

この人を己の目標として目星をつけて、良かったのかしら。

志乃は呉服屋を出て考える。女房としての格は高いはずだ。お才の亭主である勝山《かつやま》理右衛門は名題役者の中でもその頭を勤め上げる座頭だし、お才の地味さは貞淑とも言い換えられる。そうよ、これでこそ役者の女房、初めて会った役者女房がちいと珍妙すぎたのだ。華やかな顔に華やかな小袖、お富は手指の爪にまで紅を塗っていた。

そんなことを思い出しながら天ぷらの屋台を右に曲がると、頭に浮かべていた爪紅入りの腕が横からにゅっと伸びてくる。悲鳴も出切らぬうちに路地裏に引っ張り込まれた。

「あいつを止めるわよ」

ぐいと志乃に押しつけてくる体が纏《まと》う小袖はやっぱり華やかで、渋味に慣れた目がちかちかとする。

「急になんです。あいつって、お才さんのことですか」

追えと言ったり止めろと言ったり、まるで子供の言うことだ。

「お才さんが密通相手とのお話は」

「そいつはもういいの。あたしの勘違《かんたが》えってのが分かったから」

ああもう、そうやって独り合点で話を進める。またしても志乃の腹はぽこぽこと煮立ち始める。

「止めるって、なにをです」

「あいつの家で欠落《かけお》ちがあったらしいのよ」

「欠落ちって、え。お才さんがですか！」

言ってから慌てて志乃は、己の口を両手で塞ぐ。大通りは沢山の人が行き交ってい
るが、志乃に目を向ける者はいなくてほっとする。こういう類《たぐい》の話に、江戸者は鰻《うなぎ》を
前にした時よりも涎《よだれ》が出る。

「お才じゃないわ」お富が言う。「あいつの宿のお妾《めか》の話さ」

「お妾さんが、お才さんの亭主と欠落ちを？」

「ちがうよ。妾が欠落ちしたのは、お才の宿のその弟子さね」

言い放ち、志乃が持っている紙を奪い取って軽く叩く。

「それで、お才はこうやって欠落ちをした妾を探し回ってるってわけさ」

なるほど、そういうことなら、志乃の熱は一気に下がる。妾の欠落ち相手が弟子な
のであれば、お才には万々歳のお話のはずだ。

「どうしてお才さんがお妾さんを探す必要があるんです」

「ん？」

「お才さんの亭主は座頭でいらっしゃるから、お身内への体面はよろしくないかもしれませんが、女房がこうまでして自分の旦那の妾を探す必要はないでしょう」

だがお富は「馬鹿ね」と志乃を切って捨てる。

「お才はね、妾を探し出して殺《あや》めちまう気なのよ」

ああ、そのしたり顔は見せてくれるな。その顔は志乃に悪いことしか運ばない。

「出て行ったってことは戻ってくるかもしれないってことよ。欠落ちで姿を消した今、それに乗じて殺めておけば、妾が戻ってくることはない」

「どうしてそうなるんです」

ため息混じりにそう言っても、お富といったら図抜けて真面目な顔をして「だってあたしもそうしちまう気がするもの」

「そんな、めちゃくちゃな……」

「妾を探す理由なんて、それくらいしかないでしょ」

「もっとありますよ。妾に家の金子を持ち出されたとか、妾に一言物申しておきたいことがあったとか」

だが、志乃の頭には、思い人を焼き殺した蛇の姿が思い浮かんでいる。確かに女という生き物は何をしでかすかわからない。妾を殺す女房もこの世にはいるのかもしれない。

「気持ちは痛いほど分かるのよ。でも殺しちゃいけないの」

お富の中ではお才の妾探しの理由はもう決着がついているようで、志乃は思わずお富の袂を引っ張った。

「他人《ひと》のお家事情に首を突っ込むなんて、下の下です。大体、そのお話の出処はどこなんです。お富さんの勝手な当て推量なのではありませんか」

「失礼ね。本当よ。お才が菜切庖丁《ぼうちょう》を研いだって話もこのお富さんの耳には入ってきてんだから」

「庖丁くらい私だって一昨日《おとつい》研いでもらいましたよ」

睨み合う中、いきなりお富が「ま、いいわ」と声を上げ、志乃の肩に手を回してきた。

「こうしてても埒が明かないし、まずはひとっ風呂浴びようじゃないの」

お富に体を引き摺《ず》られながら、志乃はまたしても長い息を吐く。

お富が握りしめているその紙の中、呉服屋の次に湯屋の名前が書いてあることくらい、志乃だって分かっていた。

高座に座っている女に湯銭を渡し、代わりに糠袋《ぬかぶくろ》と手拭いを受け取る。お富は鶯《うぐいす》の糞《ふん》を糠袋に入れろだの、湯上がりに糸瓜《へちま》水を絞っておけだの、注文をつけている。

桜や朝顔など時花《じか》を浮かべることで有名な梅乃湯《うめのゆ》の女湯は真昼間でも人が多い。脱ぎ場でお才を見つけ、二人分ほど離れたところの衣棚をつかうが、簪を外している間に三人も四人も割り込んでくるほどの盛況振りだ。

「お才さんは綺麗《きれい》好きでいらっしゃるんですね。日に三度もお風呂に入るそうですから」

江戸は海に面しているせいで風が強く、隣町まで出かけるだけで、爪の間まで土《つち》埃《ぼこり》が入り込む。そういうわけで江戸者は風呂好きなのだが、遠国生まれの志乃にはやっぱり今でも恥ずかしい。ゆっくりと帯を緩める志乃の横で、背高女は一気に帯を引き抜いている。

「違うわよ、お才は湯屋で妾を待ち伏せしてんの。今日あたり我慢しきれなくなって湯屋に繰り出してくるんじゃないかってのが、あたしが話を聞いた古着屋の見立て」

もう。そうやってなんでも妾殺しにくっつけようとする。

「古着屋さんがそう見立てる理由はなんなんです」

「妾は綺麗な湯帷子《ゆかたびら》を購ったんだとさ。藍染《あいぞめ》の生地に大振りの夕顔が抜かれてるやつ」

「そいつが何か」

「見せたいじゃない」

志乃はお富を見た。お富は糠袋の中に干した鶯の糞を入れている。

「見せたくなるでしょ。綺麗な湯帷子着た自分の姿」

お富の手つきは大雑把で、鶯の糞が袋からぽろぽろとこぼれ落ちている。擦り込めば白く光り輝く肌を手に入れることができるというそれが板間に転がっても、お富に気にする様子はない。志乃は己の肌に目を落としながら、言う。

「その姿は欠落ちして身を隠してるんですよね。湯帷子を周りに見せびらかしたいなんて、そんな理由で姿を現すと言うんですか」

「五日も我慢してるなんて大したもんよね」

志乃はもう言葉もないし、疑いたくもなってくる。隣で帯を衣棚に押し込んでいるこの人は、己とは違う生き物ではなかろうか。

だが、するりと着物の下から現れた体は志乃と同じ女という生き物だった。それでいて志乃より格段に上等だった。襟足から背中にかけてが指でなぞりたくなるほどなだらかで、柳腰。顔も白けりゃ体も白く、なるほどこれなら糞が数個落ちたごときでやいやい言わない。首は長く、その下、鎖骨の窪《くぼ》みあたりに視線を動かしたところで、志乃は思わず息を呑《の》む。目が合っている。お富の体越しに、お才と、だ。お才はすぐさま視線を外したけれど、志乃は少しばかり鼻の低いその横顔から目が離せない。脱ぎ場は賑やかで、会話が聞かれたわけではないはずだ。ならば、お才も志乃と同じで、お富の体を見ていたのか。お才は何事もなかったかのように、洗い場の方へと歩いて行ってしまった。

湯船からの湯気が噴き出す柘榴《ざくろ》口の手前に並んで座る。糠袋で肌を擦る音に紛らわせるようにして、「でも」と志乃は脱ぎ場での話を続けてみる。

「江戸に湯屋は何十とあるんです。お妾さんがこの梅乃湯に現れると決まったわけじゃあないですよね」

「現れるとしたら、この梅乃湯しかないさね。ここは女湯が人気だろ。女ってのは女の目が一等気になるものなんだから」

志乃の頭の中で、脱ぎ場でのお才の細い目が浮かんで消えた。

「じゃあ、お妾さんが湯屋に現れたとして、お富さんはどうするおつもりなのですか」

「あたしがお才の目の前で、そいつをぶってやんのよ」

志乃の手から、糠袋がぼとりと落ちる。

「……ぶって、そのあとはなにがどうなるってんです」

「ほら、自分より怒っている人を目にしたら、頭が冷えてくるもんでしょ。お才も妾殺しを踏みとどまるかもしれないじゃない」

にんまり向けてくる笑顔もお頭《つむ》もまるで子供だ。志乃は糠袋を拾い上げて体を擦り直す。

「あなたのご亭主の盗人猫探しはどうされたんですか」

「あれは一旦《いったん》、脇に置いてんの。こっちの方が大事でしょ」

「どうしてそうまでお才さんにお肩入れを」

「だって、あたし、妾が大嫌いだもの」

「亭主が女房の他に妾を作ることなんて当たり前のお話ではないですか。別に亭主が責められることでもございません」

ましてや役者には芸を繋《つな》いでいくという本分もある。子は多いに越したことはない。

「役者の女房であるなら、きちんと受け入れるべきではありませんか」

「どうして役者の世界にあたしが合わせなきゃいけないのよ」

あたしは役者の女房じゃあないもの。

ぎし、と志乃は糠袋を強く肌に擦ってしまう。

「……私には何をおっしゃっているのか」

「いい？　あたしは寿太郎の女房なの。役者っていうのは、寿太郎をつくっている要素の小さなひとつでしかないわ。だからあたしは芝居の仕来りとか役者の習いとかそんなもの守らない。だってあたしは寿太郎の女房だもの」

　志乃は黙って糠袋をつかう。

　そんなきれいな言葉など聞きたくなかった。お富が自ら引き千切って捨てた役者女房の札を、志乃は必死になって探している。探して、己の首にかけて、安心したい。役者の女房の枠に収まって、札の後ろに書かれた役者女房たるものこれこれの手引きに従ってさえいれば、生きていけると思っていた。なのに、お富が現れてから、志乃は何もかもを見失っている。どうであれば役者女房になれるか、だけでない。どうであれば女になれるか。それさえも志乃にはわからない。

　志乃は恐ろしくなって、まわりを見回した。

　女として完璧なのはどんな女だ。女として価値が高いのはこの中では誰になる。乳は小さい方が女としての値は上がるだろうか。尻は大きい方が女としての値は低くなるのか。鼻は低いか、目は大きいか、唇は厚いのか。

　今、この中で番付をおこなったら、己は上から何番目だろうか、下からの方が早いだろうか。上か、上上か、上上吉か。

こんなことを考えている己は女として価値がないのだろうか。

志乃は湯汲《ゆく》みから熱い湯をもらい、それを一気に頭から被《かぶ》った。

それから、体を洗って湯船につかりを三度繰り返し、糸瓜水を耳たぶの裏まで塗り込んだが、目当ての妾は現れなかった。

苛々するお富に無理やり着物を着せて、その背を押す。お才の後に続いて湯屋を出たところで、湯中《ゆあた》りでかっかと火照る背中が立ち止まった。

「お富さん？」と横から顔を出せば、お富の視線の先にお才がいる。そのお才に向かいあう形で一人の女がこちらに顔を向けていた。

まだ湯気が立ち上っているかのように色気の滲《にじ》むその女に、浴衣《ゆかた》の夕顔柄はよく似合っていた。妾だ。志乃は思った。

お才が駆け出し、つられてお富と志乃も駆け出した。お富はお才を早々に捕まえて、羽交い締めにする。

「あいつを追いかけなさい！」と首を捻って叫ぶお富と目が合った。

「早く！」と声をかけられ、志乃は走り出す。裾《すそ》を跳ね上げながら、志乃は感じる。指示されることのなんと楽なこと。妾は志乃たちに背を向けてよたよたと逃げ出していたが、お才の声が追いかける。

「あきまへん！　どうかお待ちにならはって！」

妾の肩がぴくりと動いた。志乃の手がその肩に触れようとする瞬間、妾は立ち止まり、くるりとこちらを向いた。そして、面食らう志乃の横を通り過ぎていく。なにがなんやらの心持ちで振り返ると、そこには羽交い締めにされたままのお才の前に佇《たたず》む妾の姿があった。

「なにしてるのよ。あんた、逃げなさい！」

お富の喚き声に追い立てられても、妾はちっとも動じない。それどころか、もじもじと浴衣の裾から見え隠れする膝頭が艶《なまめ》かしい。

「あの……やっぱり私」と夕顔の花の中で鈴を転がすような、少し籠《こも》った声が聞こえて、お富もお才も動きを止めた。妾の次の言葉をじっと待つ。

「理右衛門さまのところに戻ろうと思っているんですけれど」

途端、お才の体が前のめりになる。

「ほんまですか！　ほんまにですか、お八重《やえ》はん！」

よかった、よかったわァ。お才は腕を取られたままでも脱力し、喜びの声を口の端から溢《こぼ》している。

「どういうこと」なんてお富に目を向けられても、志乃が知るわけがない。代わって応えたのはねっとりとした上方弁だ。

「それはこちらの台詞《せりふ》やわ。いきなり現れて、ひとのこと押さえこんどいて、一体どういうつもりなんでっしゃろ」

お富はゆっくりと腕を外す。お才が乱れた襟をしごく音が、なめされた皮のように空気を叩く。お富は不満気な顔を隠そうともせず、お才に向かい立つ。

「あんた、あの妾を家に連れ戻すつもりなの」

「そうどすけど」

「殺すんじゃなかったの」

八重と呼ばれた妾はぎょっとした様子で身を引いたが、お才は妾の手を包み、顔を覗き込み、「そんなんするはずがあらしまへんやろ」とにっこり笑顔を見せている。

「お八重はんはな、お家に戻ってきてくれるだけでええのんや。前と変わらんようにあの人の傍でご飯食べて、お話しして、寝転がっといてくれたらええ」

「連れ戻してどうするのよ。せっかく目の前から消えてくれたってのに」

お才はもうお富に顔を向けることすらせず、妾の背中を撫でている。

「一緒に逃げはった晴之助《はるのすけ》はんはどうしてはるん」

妾は頰の産毛を撫で付けるようにして、お才の耳元に口を寄せる。

「いややわ、仕置きなんてとんでもあらへん。晴之助はんのこともな、戻ってくるんやったら面倒みるってあの人、言うてはるんでっせ」

妾はぼそぼそとお才に語り、お才はそれを受けて声を張り上げる。

「そうやがな、ぜんぶ今まで通りや。あんたには離れで好き放題暮らしてもらうつもりだっせ」

そうやってお才がせっせと妾の言葉を拾い上げる様が、なぜだか志乃には心苦しい。

「あの人が寂《さみ》しい寂しい言いますねん。気落ちして、芸にも身が入らん。役者がそないなことではあきまへんやろ。やから、こないしてあんたのこと連れ戻すんやおまへんか」

妾はぼそぼそと話を続ける。これまで大きい声など張り上げなくても、周りの人間が全て拾い上げて来てくれたのだろう。

「高砂町《たかさごちょう》の長次郎《ちょうじろう》長屋かいな。仰天だっせ。ようそないな狭い場所に二人で十日も住んどったなあ」

ぶってやったらいいのに、と志乃は思った。ほんの少しだけ、頬に手のひらを当てるぐらいでも。

「それでは明日、木戸が開いたら駕籠で長屋まで迎えにいきますわ。なんやの、遠慮はいらへん。一緒になって理右衛門はんを支えてきた仲やないですか。うん。ほんなら、また明日。ちょっとわてはこの人らと悶着《もんちゃく》がありまっさかい」

夕顔の裾が角を曲がってきっちり見えなくなってから、「ほんで？」と銀鼠《ぎんねず》色の背中が志乃たちに問いかける。

「十海屋のお内儀はんに、そちらは乙鳥屋のお内儀はんやろか。お初にお目にかかります。わてはお才。理右衛門の女房《かみ》をやらせてもらっております。此度のことは一体どう始末をつけてくれるおつもりやろか」

こちらに向かって丁寧に腰を折ったお才の顔は、笑顔だからの恐ろしさ。

「だんまりとはええ心意気だすなあ。八重たちの長屋に見張りをやらなあかんねんから、はよ口を開いてもらわんと。それともあんたらの旦那《だん》さんに聞いた方がよろしいのんか」

燕弥に迷惑がかかるだなんてとんでもない。何かしらを言い繕おうとした志乃を押しのけ、お富がずいと前に出た。

「首を突っ込んだのは悪かったよ。でも、突っ込んだからにはちいと言わせておくんな」

お富はまたずいと前に出るが、お才は笑みを浮かべたまま一歩も引かない。

「お才さん、あんた、それでも理右衛門の女房なのかい。妾にあんなへこへこしちまって、妾がいなくても自分の宿を支えてやるっていう気概くらい持ってねえものかい！　妾なんかに負けてどうするんだよ！」

「負ける？」お才が左の口端を吊り上げる。「わてが妾にいつ負けました？」

細められたお才の目の内が黒く染まり、志乃はあっと声を出した。だが、そいつは大通りを一陣ぬけた風のせい。湯屋の上を走った雲影がそう見せていただけのようだった。

「八重が綺麗やから、わてが僻《ひが》んでんのやとそう思ってはるんか」

浅いわ、浅い浅い。浅《あそ》ぉてちょっと笑ってまうわ。

お才はわざとらしく口に手を当て、くすくすと声に出す。

「八重を理右衛門はんに選んだんはわてでっせ。ほかにいる妾どももぜんぶそう。わてが、あの人が好みそうな女をめっけてきて、あてがうんですわ。八重は飛び切りあの人のお気に召したようでしてね、八重が欠落ちなんぞで出て行ってから夜毎、芸者をよんでどんちゃんしても、風呂屋女をよんで布団に入れてやっても塞ぎ込んではる。しゃあなし、わては人を遣《や》って八重を探した」

「なんでそんなこと」

お富の言葉を喰らうようにして、お才はこれでもかと口を開く。

「なぜって、わては役者の女房やさかい」

その言葉に、志乃は己の襟元を両手でぎうっと握った。役者女房の札裏の手引きには、こんなことが書かれてあるのか。己の夫のために志乃ははたして妾を選べるのか。これが志乃の目指すべき役者女房の姿なのだろうか。

お才はお富に近づくと、指で鎖骨の窪みを軽く押す。

「あんたみたいな綺麗なお人やったら生きるんも楽なんやろうねえ」

その鎖骨の窪みは脱ぎ場で目が合ったあたりだと、志乃は気付いている。

「なんもせんでも可愛がってもろて、まわりはちやほやとしてくれて。なんや、芝居小屋に乗り込みはったんやってねえ。それもすぐ許してもらいはったんやろ。でもな、そういう惚れた腫《は》れたのおままごとも度が過ぎるとあきまへん。もうええ加減にしとくれと、森田座の中では言われているそうでっせ。芝居の世界の道理が分かったらへんとんだ役者女房がいるもんやと」

なぜだかお富は黙って聞いていた。そのせいかお才の言葉は余計勢いを増していく。

「わては役者の女房をきちんとこなしております。わては子供を産みましたんや。三人も産んだ。これ以上、役者の女房として立派なつとめがありますやろか」

志乃たちが立っているのは人気の湯屋の前の大通りだ。見物人がわらわらと寄ってくる。あっという間にできた人垣からはあれは理右衛門の女房だの、いやいや寿太郎の女房だのと潜めもしない声が聞こえてきて、志乃は思わず、お才さん、と声をかけた。しかし、お才の口は止まらない。

「わては理右衛門はんに嫁いだんやない。わてはあの人の芸に嫁いだんや。あの人の芸を盛り立てていけんのは、わてしかおりまへん」

よっ、駒高屋と誰かが大向こうをかけ、下卑た笑い声がその後に続くが、お才の耳には入らない。

「せやから妾に負けたなんぞ、手前に言われる筋合いはないわ！」

お才は肩で息をし、口端についた涎の泡を拭った。だが、志乃たちを囲う人垣はほどける気配がない。それどころか、もっとよく見せておくんなと輪を詰めてきて、人垣からこぼれ落ちる声もよく聞こえる。

いいね、理右衛門の女房の啖呵《たんか》は勢いがあって、流石座頭ってところだね。対する寿太郎の女房は理右衛門の女房を睨《にら》んでいるだけで面白くないねえ。いやいや、女房の口をほら見ろ、開くようだぜ。

「あんたってかわいそうね」

お才が手を振り上げてからの顚末《てんまつ》は、次の日に出た読売《よみうり》につぶさに書かれることとなった。ただでさえ、役者女房の評判記が盛り上がっている最中《さなか》のことなのだ。そいつは飛ぶように売れた。役者の女房二人の取っ組み合いに、それを必死に止めようとするもう一人の女房。見物人に止められ、駆けつけた身内に引っ張っていかれる様まで描かれていた。残された女房は身を隠すようにしてその場から逃げ去った。読売の中の志乃は無様に転がっている。絵の中、尻餅をついて宙を飛ぶ下駄を、志乃はぼんやり見つめていた。

だが、その読売に志乃は助けられることになった。

人目をしのぶようにして夕餉の菜を購い、家に戻ると女が居間で猪口《ちょこ》に入った酒を舐めていた。七日ぶりに現れた燕弥の片手には読売が握りしめられていて、志乃は黙って畳に上がり、両手をつく。お詫びの文言は、騒動を起こしたその日の夜から幾度も紙に書いては直してきた。脳裏にもぴっちり書き込んでいて、さあいざそれを舌に乗せんとしたところで、先に燕弥の声が響いた。

「二日前、お前もあの場にいたそうだね」

畳を見つめたまま、小さくひとつ頷《うなず》くと、

「なるほど、とんでもないことをしてくれたもんだね」

返された声はなぜだか弾んでいて、志乃は面をあげる。酒でほのかに赤く染まった顔にはにやにやとした笑みが浮かんでいた。

「さすがは女だね。一人は嫉妬《しっと》の末に芝居小屋に乗り込み、一人は妾を執拗《しつよう》に追いかけ、そいつが種で日中から取っ組み合いの大喧嘩。やっぱり蛇になるだけのことはあるよねえ」

歌うようにそう言って、燕弥はふらりと立ち上がった。台所の水甕《みずがめ》に近づく燕弥に気付いて呼び止めようとしたが、もう遅い。きゃあっと悲鳴を上げて、後ろ手に手をつく燕弥を慌てて助け起こす。申し訳ございませんと何度も謝りながらも、志乃の耳の中では燕弥の悲鳴が反響していた。仰天した時の声まで女のものとは、なんとも恐れ入る。

「な、なんだいこいつは」

燕弥の人差し指が指す水甕横の桶《おけ》からは、滑《ぬめ》った体がのっそり這い出ていて、これはもう隠しようがない。

「蟾蜍《ひきがえる》です」

大川の土手で生け捕って、水を張った小桶で飼っている。上間を歩いているこの子の他にも台所近くにあと二匹。畳に座り直してからおずおず明かすが、燕弥の眉根は寄ったままだ。

「なんだって蝦蟇《がま》なんかを……。もしや蝦蟇を飼うのが武家の娘の流行りだったりするのかい」

燕弥の目はぴかりとしたが、志乃はいいえ、と首を振る。

「蛙は生き餌《え》です」

「なんの」

「蛇です」

首を垂れ、消え入りそうな声で言葉を続ける。

「蛇をご覧になりたいのではないかと考えました」

燕弥は何の言葉も返してくれず、蟾蜍がのそのそと土の上を歩く音だけが聞こえている。

「此度の芝居で蛇が出てくるとお聞きしたものですから、もし燕弥さまが蛇を見たいと仰《おつしや》った際にすぐご用意ができるようにと」

今回の芝居の内容を知らないのかとお富に聞かれ、志乃は知らないと答えたが、実のところは、あらすじをなぞるぐらいには知っていた。女を演じるために常から女でいるどころか、その役に己を漬け込んでしまうお人だ。蛇を飼うこともあるのではと、燕弥には告げず蛙を捕まえていた。

「蛇はどこに」と問われて「私の部屋に」と答えれば、あとはまた、のそのそだけが居間に聞こえる。

差し出がましいことをしたんだわ。志乃は体を縮こめてそう思う。

蛙に蛇なぞを飼って燕弥を白けさせ、役者の女房の心得を学ぼうとして燕弥の評判を落としてしまった。それもこれも、志乃が燕弥の女房の席にしがみつこうとするからだ。しかし、己はどうしてこうもしがみつく？　そう己に問いかけたとき、志乃の頭にぽんと浮かんだ人がいる。

――わたしの牙《きば》がどれだけ鋭いか、思い知ればいいんだわ。

時姫を演じていた際の燕弥がいつまでたっても志乃の脳裏にこびりついている。私はたぶん、女としてあの時の女子に心惹《ひ》かれているんでないかしら。いえ、でも、待って。あの女子は志乃の考える正しい女の姿ではなくて――。

「蛇を飼って、お志乃さんはどう思いました？」

燕弥の言葉に志乃は我に返る。志乃の顔を覗き込んでいるその目が、思いの外真剣で、志乃は揃えている膝頭に力を入れる。

「どう、というのは」

「蛇の様子です。どんな風に獰猛《どうもう》でした？　蛙の目玉を啜るような真似をしておりましたか」

口籠る志乃になにやら察した様子で、燕弥はなるほどねえ、と唇に人差し指を当てる。

「舌にも乗せられない醜悪さ。そいつを演じてやらなきゃいけないってことだね」

志乃は目を丸くしたが、燕弥は「それじゃあ蛇のお目にかかりましょうか」と畳に手をつく。

「今日は一晩中、蛇に己の醜いところを教えてもらおうかい」

畳から離れる寸前、その美しい白い手の上に、泥が爪の間に入ったままの己の汚い両手をぐうっと置いた。

「すてきだと思うんです」

眉根を寄せた燕弥が「なに？」と聞く。

「へ、蛇はとってもすてきな生き物だと思うんです」

志乃は己が何を言っているかわからない。でも、己で口を止められない。

「蛇は獲物に一度喰らいつくと離れないんです。とっても執念深くって、相手をきちんと絞め殺してから、頭からがっぽり丸呑みにする」

「それがすてきだって言うのかい？　わたしには蛇の醜い部分に思えますが」

「そういう部分がその、すごくかわいかったり、しませんか」

志乃の目蓋の裏に、二人の役者女房の姿が浮かんで消える。密通をすれば焼き殺すと舌先を二股に別《わ》けた女房と、妾に負けてなどいないと目ん玉を真っ黒に染め上げる女房と。あの女たちの肚《はら》の中には、何かがとぐろを巻いていた。

「私は蛇の醜いところが嫌いで、でも少し羨《うらや》ましくもあったんだと思います」

言ってから、志乃はすぐさま吐いた言葉を口の中に戻したくなった。女房ごときが旦那さまに向かって何をぺらぺらと。燕弥が聞きたいのは蛇の残忍さで、演じたいのは蛇になった清姫のおぞましさだ。

「何やら意味のないことを申し上げました。大変申し訳ございません」

押さえつけたままでいた両手を退けようとすると、

「いいや」

燕弥は志乃の泥に塗《まみ》れた手を握る。

「おもしろい」

そう言って、にやりと笑みをこぼした。

からころと下駄が駆けていく音を、志乃は家内の上がり框に腰掛けて聞く。草履がじゃりりと砂を擦る音も、駕籠かきの掛け声も今日はひっきりなしに聞こえていたが、花火が上がり始めてからはようやっと落ち着き、志乃はゆっくりと腰を上げた。

今宵《こよい》の花火は江戸の三本指に入る呉服店越後《えちご》屋出資の尺玉とあって一際華やか、音も大きい。おかげで脇に抱えた小桶からげこりと蛙の声がしても、気づく通行人はいなかった。花火見物の流れに乗って通りを歩き、永代橋を渡ったあたりで志乃はつと足を止める。ここまでくると花火の光は頭の髷《まげ》を撫でてきて、屋台の匂いは鼻を引っ張る。皆と同じく川沿いを上っていきたくなるが、前に屈《かが》んで膝頭をぺしりと一つ。連れ立って歩く夫婦に訝《いぶか》しげな視線をよこされたが、志乃は構わず川沿いを下っていく。

夏祭りからほど遠く、草の生い茂る川辺に着くと、そこでは蛍が飛んでいる。抱えていた小桶を地面に置こうとしたそのとき、

「道中、よく食われなかったね」

背中から声をかけられ、志乃は桶ごと飛び上がった。

「だ、旦那さま」

団扇《うちわ》を片手に浴衣をぞろりと着こなしている燕弥は志乃の横にしゃがみ込むと、そのまま桶の中を覗き込む。人影に驚いたのか、蟾蜍は跳ねて草むらの中へと姿を消した。

「腹がくちくなっていたようで、同じ桶の中に入れても二匹仲良くしておりましたよ」

桶の中、とぐろを巻いている蛇を二人してじっと見つめる。

「今日から自分で蛙をとって食わなきゃいけないのに、呑気《のんき》なもんだよ。すぐにおっ死《ち》んだりしないだろうね」

「大丈夫です。蛇は男を焼き殺せるほど強い生き物ですから」

「ふふん。違いねえ」

団扇の柄で蛇の頭をくるくると撫でる。

「どうしてここに来られたんですか」

今宵は多くの店が今日は此《こ》れ切りの札を下げ、花火見物に繰り出していると聞く。大店《おおだな》の贔屓客に呼ばれて、料理に舌鼓でもうっているかと思ったが。

「もちろんお声はかかったさ。だが、それが随分と多くてね、一つを贔屓しちゃあ、ほかが怒る。だからぜんぶ断ってやったんだよ」

それに、と燕弥は蛇を片手で掬《すく》い上げる。

「こいつのおかげで此度の舞台でも大当たりを取れたからね。お見送りぐらいしとこうと思ってさ」

「確かに、此度は蛇のおかげですね」

志乃が素直に答えると、燕弥はふん、と鼻を鳴らした。

道成寺の坊主に請われて、白拍子花子は踊りを見せる。乱拍子《らんびょうし》に急《きゅう》の舞い、鐘づくし。ここらへんで小屋に通う見巧者《みごうしゃ》は気付くのだ。やっぱり急拵《ごしら》えの女形はいけないね。時姫は存外良かったが期待をして損をした。これなら藤十郎《とうじゅうろう》のが色っぽい。手踊、鞠歌《まりうた》、花笠《はながさ》踊り。ここらで芝居好きの客が気付き始める。踊れちゃいるようだが、そそられねえな。この前みた菊五郎《きくごろう》の踊りの方が綺麗だったね。手拭いの踊りに山づくしで手踊り、鈴太鼓。凡の客にも燕弥の技量が足りないことが知れたぐらいで、燕弥はこれまでにない踊りを付け加えた。手を振り上げ、摑み合うようなその仕草は、読売でいまだ人気の役者女房たちの大喧嘩。女ってのは醜いねえと思わせて、ここで鐘入り、白拍子花子は蛇になる。

だが、燕弥は蛇になってからも、踊りを入れた。尻尾《しっぽ》をくねらせ、二股になった舌をちろちろと出す。怪しくも一目で不格好だとわかる舞いに、芝居客もはじめは首を捻っているだけだが、あっと気付いてぽんと手を打つ。

なるほど、どんなに人に化けるのが上手《うま》くとも、所詮は蛇。蛇が化けた白拍子の舞いが、美しいわけがない。蛇の目線で白拍子を演《や》るとは、こりゃ一本とられたな。

それでも蛇は、なにかを訴えるかのように必死に踊る。白拍子の踊りでは、これまで踊り込んできた先達に勝てるはずもないと割り切った燕弥の苦肉の策でもあったが、こいつが受けた。特に女の客は絶賛した。

「多分、女たちは心のどこかでこの話の結末が不満だったんじゃないのかな。思いを寄せる男に嘘をつかれて、蛇になっちまう女心を認めてもらいたい心持ちがあったのさ」

女が褒めれば、女にいい格好がしたい男も褒めて、森田座の夏狂言はこれまた当たり。今じゃあ、花道に登場した白拍子花子が紅を拭った懐紙を客席に落とせば、客同士でその紙の奪い合いが始まるのだという。

また一つ大川の花火がどどんと上がる。鱗を赤に黄色に光らせた蛇が桶からゆっくりと這いずり出る。

「これまでの芝居での女の描かれ方は、悲しいものも多かった。よよと泣いて芝居に涙を添えるのさ。だけど、清姫は違う。男に嘘をつかれて泣いて終わらせやしない。怒って蛇になって男を焼き殺しちまうんだよ。その女の凄《すさ》まじさ。そいつを此度の舞台で押し出した形だったが、あの女房たちの大喧嘩も火種になったね」

お富とお才からは奥役を通してそれぞれ祝儀が届けられていた。あの二人も燕弥の清姫を見てくれていればいいな、と志乃は思う。そして、二人の肚の中の蛇がどうか穏やかに健やかに居座ってくれていますように。

「女形も芝居の世界じゃ扱いが悪くてね。立女形《たておやま》までいけば話は別だが、立女形でも座頭には決してなれない。楽屋風呂はつかわせてもらえず、湯の入った金盥《かなだらい》を楽屋まで運ぶ。舞台上の雛壇《ひなだん》も立役の下段にしか座れない。だが、ここにきて女形が立役を食う芝居が多く作られるようになってきている」

語る燕弥の横顔を蛍が照らし、頬っぺたの黒子《ほくろ》が浮き上がる。志乃はほうっと息が出た。

「やっぱり女ってのはおもしろいよ」

独り言のように呟いて、燕弥は志乃にちらりと視線をよこしてくる。

「お前の中にも蛇はいるのか？」

「……分かりません」

ふうん、と燕弥が応えたあとは、二人して黙り込む。蛇が這いずった跡を眺めていると、「いつぞやは悪かった」と燕弥はぽつりと言った。

「芝居小屋でお前を詰《なじ》った」

志乃は慌てていいえいいえ、と顔の前で勢いよく手を振った。

「悪いのは私です」と言い募る。

「善吉さんから芝居事のお話をお聞きしていて、どうにもわくわくの虫が抑えられませんで、駄目だとわかっていながらあのような乗り込みを」

これまた、ふうんと燕弥は応えた。立ち上がり、裾を払う音に紛らわせるようにして、呟く。

「人の女房が他の男と家で話をするのは、あまりよくないことではありませんか」

やけに早口だ。

え、と志乃は燕弥を見上げる。もしかしてだがこれは悋気というものではなかろうか。志乃の体は一寸のうちに火照り上がる。

「詫びに、わたしができることならなんでもいたしましょう」

燕弥の言葉に、まず志乃は目を閉じて、口からふうふうと熱を逃した。そうして、ちょっとばかり考えてから、

「私に化粧をしてくださいませんか」

燕弥が目を丸くしている。代わりに蛙がげこと鳴いた。

三、雪姫

蛙が松虫に声で気押《けお》されはじめた頃、志乃は一つ虫籠《むしかご》を購《あがな》った。担ぎ屋台の虫売りから渡された竹細工のそれはもちろん松虫入りで、毎夜ちんちろりんと羽を震わす。

いい声がどこぞの屋敷から聞こえてくれば、御免くださいと戸を叩《たた》き、金子《きんす》を払ってでも己の耳に聞かせてやるのが江戸っ子で、志乃だって虫聴きは嫌いじゃない。ただ、虫をひっくり返した時の腹のあたりはどうにも苦手で、今日まで進んで触れることはなかった。だが松虫は、蛇とは違って、旦那《だんな》さまのご用命。志乃は賽《さい》の目に切った茄子《なす》を籠に入れて世話をする。しかし、茄子に群がる松虫に体をびくりとさせているのは虫を購ってくるよう命じた当人で、なら、どうして飼うのだろうと志乃はおずおずと聞いてみた。

「だって風流でしょう」

虫籠の前で両膝《りょうひざ》を揃える燕弥は、しきりに髪を耳にかけている。

「ほら。長月《ながつき》にふさわしい良い音じゃないか。わたしの心玉《こころだま》を随分と揺らしてくれる」

言いつつ、燕弥の眉間《みけん》には深い皺《しわ》が刻まれている。邪魔だねとばかりに小指で髪を耳にかけるが、髪の一房ごときが音の通り道の障りになるわけがない。どうやら燕弥には風流を解する心は少しばかり欠けているらしい。志乃は、そんな燕弥の眉間の皺が好きだったりする。

近頃、志乃は漬け込まれていない燕弥にほっとすることがある。たぶん志乃は好きなのだ。役に漬け込まれ、頭の髷《まげ》の天辺《てっぺん》から足の爪の間までお姫様《ひいさま》である女形《おんながた》より、風流を解せず眉《まゆ》を寄せ、苛々《いらいら》としながら胡座《あぐら》をかく燕弥という人間が。

だから、志乃は今日も胸をどきどきとさせながら、鉄瓶から茶を注ぐ。文机《ふづくえ》の前で絵筆を片手に唸《うな》っていた燕弥が茶碗《ちゃわん》を手にして「なんだい」とこちらを睨《にら》むので、慌てて志乃は目線を逸《そ》らした。ずずと茶を啜《すす》る、そのほんの少し品のない音が好き。横目でちらと見た燕弥の口端も思った通りにほころんでいて、志乃は嬉《うれ》しくなる。

今日の漬け込みもどうやら甘い。

燕弥が手に持つ茶碗の中では、土色をした煎《せん》じ茶が揺れている。ふと文机の上に置かれている一枚の絵が目についた。

「また清姫を演《や》られるんですか？」

途端、燕弥はむすりとした顔をこちらに向ける。

「なんでそう思う」

物言いの強さに「いえ」とすぐさま退《すさ》ったが、燕弥の視線は志乃の口をこじ開ける。

「あの、描いていらっしゃるのが蛇でございましたから」

紙の真ん中には、太目の縄が一本くねっていた。左の縄の端には黒々とした豆粒が二つついていて、ああ、なるほど、こいつは目玉。それじゃあ、やっぱりこの縄の正体は蛇で間違いようもない。

「こいつは龍《りゅう》よ」

「えっ」

燕弥の顔を見、紙の上へ視線を落とし、そのまま志乃は項垂《うなだ》れた。

「とんだ失礼をいたしました……」

「こちらを向け」と燕弥が冷たく言い放つ。燕弥の片手には絵筆の代わりに紅刷毛《はけ》が握られていた。

縄の蛇に恨まれそうなほど上上に顔を仕立てあげてもらってから、志乃は燕弥に連れられて絵草紙屋へとやってきた。

絵草紙屋、蝸牛《かぎゅう》堂は燕弥と馴染《なじ》みがあるらしく、今を時めく女形とその女房の姿が他の客の目に留まらぬようすぐに奥座敷へと通してくれた。裏口に回り込む際にちらと店内を覗《のぞ》いて見ると、客が手にしているのはそのどれもが役者絵で、聞けば、蝸牛堂は役者絵を専らの品としているという。そりゃあこんなにも気合が入るわけだと、志乃は女中から茶を受け取っている燕弥をちらと見上げる。真っ赤な小袖《こそで》の袂《たもと》で遊んでいる白鼠は銀縫いで、周りには雪のような銀箔《ぎんぱく》も散っている。白粉《おしろい》は耳の裏まで塗り込まれ、目元は雲母《きら》が刷《は》かれているのだろうか、全くもってお麗しい。だが、そうやって女として完璧《かんぺき》に作り込んでいる燕弥が志乃をここまで連れてきてくれたことが、志乃には嬉しくて仕方がない。女形なら隠すべきとされている女房である己を、燕弥は連れて出歩いているのだ。

志乃はほころぶ口元を隠そうと慌てて茶碗を口につけるが、志乃と同じく茶を口に含み、「薄いな」と呟《つぶや》いた燕弥の声が、志乃の喉元《のどもと》を撫《な》でてくる。そうよ、旦那さまが好きなのは、最近になって出回り始めた緑色の上質な茶葉ではなくって、値も風味も落ちる土色の茶葉の方。どんなに着飾っていても、行動の端々に本来の燕弥がこうして顔を出してくる。そして、その本来の燕弥を知っているのは、もしかして女房である私一人じゃなかろうか。

ふんすと志乃の鼻息が荒くなったところで、お店者《たなもの》が紙を抱えて部屋に入ってきた。

畳に広げられるのは、筆付きも大きさも違うがそのどれもが龍の絵で、燕弥は手元に引き寄せ一枚一枚吟味している。

「手本をお探しですか」

小声で問いかけてみれば「そうよ」と顔を上げないままで返されたので、志乃は燕弥に少し近づく。

「どうして龍の絵を描くんです？」

「雪舟《せっしゅう》の孫であれば、そのくらい描けておかなければいけないからね」

さらりと言ってのけた燕弥の言葉に、志乃は驚き、畳に手をついた。

「それは真実《まこと》ですか！」

「そうさ。わたしくらいになると、足の指で鼠だって描けちまう」

両手で裾《すそ》を割り、燕弥は己の左足をついと伸ばす。煙草盆を持ってきた女中が顔を赤くして、逃げるように部屋を出て行った。

「そんなわたしを一目見ぽうっと惚《ほ》れあげて、求めてくる大悪党がいてねえ」

燕弥はカンと煙管《キセル》を打つ。カン、カンと続けて音を立てるのは、銀尽くしの立派な煙草盆の灰吹で、傷がついてしまうと思うのに、志乃にはどうにも止められない。いきなり上がった芝居の幕に己の胸が高鳴っているのがよくわかる。

カン、カカカカカカカカ……。

カカン。

「ときは戦国。松永大膳《まつながだいぜん》は国崩しの大悪党。なにせ将軍足利義輝《あしかがよしてる》公の首を切り、その母、慶寿院《けいじゅいん》様を人質にして、金閣寺《きんかくじ》に立てこもっていやがるのさ」

その慶寿院様が御所望する。この金閣寺の天井に龍を描いてくれる絵師はおりませぬか。人質といっても身分は高い。機嫌をとって損はなし。大膳はこの御所望をなんとか叶《かな》えたいと動いてみるが、今の都には、龍の絵がかける絵師はたったの二人。狩野将監《かのうしょうげん》が弟子と娘。夫と妻でもある狩野直信《なおのぶ》と雪姫にございます。まずは大膳、直信に命ずる。しかし直信、首を横に振って、そのまま牢屋《ろうや》へ込められた。残された雪姫ももちろん首を横に振る。その首の振り方がなんとも艶《あで》やか、美しい。大膳は雪姫を金閣寺に閉じ込め、口説き落とすことにいたします。雪姫を己の布団の上に座らせて、俺のものになれ、それがいやなら龍の絵をかけ。

色よい返事聞くまでは、布団の上の極楽責め、サア、雪姫、声を張り上げ歌え歌え。

「またですか」

志乃はもう、恥ずかしいというより呆《あき》れが強い。

「どうして芝居というものは、いやらしいのをすすんで台詞《せりふ》にするのですか」

「盛り上がるからに決まってるじゃないか」

言い放った燕弥の舌がそのままねっとり煙管の吸い口を舐《な》め上げる。

「男も女も犬猫もみんな、いやらしいのが大好きでしょう」

志乃はこくんと唾《つば》を飲み下す。あなたもですか、との問いかけはすんでのところで口からこぼさず腹まで落とした。

「だが、いやらし事でも、好かぬ相手との布団入りはわたしも御免です。雪姫も拒みたいが、断れば、夫、直信の首が飛ぶ。雪姫は袖を涙に濡《ぬ》らしつつ、大膳に身を許す決心をする」

「なぜ許すんです。嫌なら龍の絵を描けばよいではないですか」

「これだから素人《とうしろう》は駄目だねえ。鳥だの猫だのを描くんじゃないんだよ。現《うつつ》にいない生き物を絵筆で捉《とら》えるとなったら手本がいる。が、この手本のありかがわからない」

数年前であれば、すぐに用意ができたのだ。狩野の家に先祖代々伝えられてきた龍の絵は、父親の狩野将監が殺された際に盗まれてしまった。

「狩野将監というと、やっぱりあの狩野派ですか」

「そうさ、お上の御用絵師まで上り詰めたあの名うての絵師一族だ。雪姫はその狩野家の娘。そんでもって雪舟の孫でもあるんだよ」

ここで本物の絵師一族を入れ込んでくるところが芝居は憎い。嘘に真実を入れ込まれると、嘘が一気に輪郭をもって、目鼻立ちがはっきりとしてくる。その顔を覗き込もうと、人が寄ってくることをわかっているのが芝居者。

「さあ、庭で碁を打ちながら、雪姫の決心を聞いた大膳だ」

カカン、と小気味よく煙管を打ち付けて、志乃をこうして引き込んでくる。

突然の碁打ちに驚きなすった？　碁の相手もこの『祇園祭礼信仰記《ぎおんさいれいしんこうき》』には大事なお人ですからね。名前を此下東吉《このしたとうきち》。あら、察しがいいやね。そうです、木下藤吉郎《きのしたとうきちろう》。のちの太閤《たいこう》、豊臣秀吉《とよとみひでよし》でございます。東吉は小田春永《おだはるなが》、現の名はかの織田信長《おだのぶなが》の命で大膳の軍勢にもぐり込んでいる。お上に目をつけられぬよう、こうやって名前をもじるのが芝居の慣《なら》いで、あら、雪姫の行く末がそんなに気になる？　これは御免なすって。

東吉が上手に引っ込んだところで大膳にお話を戻しましょう。

言うことを聞くなら、ついでに龍の絵も描いておくれと大膳は雪姫の手を握ります。手本がないから描けませぬ。断る雪姫に大膳はふふんと鼻を鳴らす。安心せい、手本ならここにある。大膳は腰に下げていた刀を抜き放った。後ろを流れ落ちる滝にかざせば、げに不思議、滝を龍がのぼっていきます。刀身を反射し、滝に浮かび上がった龍の絵に、雪姫はあっと声をあげる。その刀こそ、狩野家に代々伝えられてきた龍の手本絵、家宝の倶利伽羅丸《くりからまる》！　父を殺して刀を盗んだ仇《かたき》はお前か大膳。雪姫は斬りかかりますが、筆しか持たぬその細腕が敵将に届くはずもない。すぐさま家来たちに雪姫は取り押さえられる。

カカン。

庭の桜の木に縄で縛り付けられる雪姫と、殺されるため引っ立てられていく夫、直信との今生のお別れ。

桜の花びらが降る中、雪姫は縛られたまま一人首を垂れている。夫は殺され、己は手込め。今更暴れたところで仕様がない。だが、最後にこのことだけは、夫に伝えねばならぬ。雪姫は面を上げ、体を捩《よじ》る。さあ、早く。直信さまに大膳こそが我らの敵、と。

「さあて、ここからがいっち艶《なまめ》かしい場面でね」

唇をぺろりとやった語り手はいかにも気合の入ったご様子だが、店の中でこれ以上の艶かしいお話は、女中に続いて志乃も部屋を逃げ出す羽目になる。

「そういうわけで旦那さまは、龍を描かれていたんですね」

遮れば、燕弥は少し唇を尖《とが》らせてこちり、と弱々しく煙管で灰吹を打った。

「目の前の節穴にゃあ蛇に見えたようだがね」

「申し訳ありません」

小さくなる志乃を寸の間見つめ、燕弥はいきなり口端を吊《つ》り上げた。真白の杉原紙《すいばら》を志乃の前まで滑らせて、

「お前、描いてみな」

「へえ」と素っ頓狂《とんきょう》な声をあげる志乃に、これまた燕弥の口端が上がる。

「わたしの絵をこき下ろしたからには、大層立派な龍を拝ませて貰《もら》えるんだろうねえ」

絵筆を差し出されれば、取るより他にしかたがない。ええい、と片袖を捲《まく》り上げ、真白の紙面に向かったが、緊張で震える分を差っ引いても、絵筆は頭で思い描いた通りに動かない。肩越しに覗き込んでくる良い匂いのする頭は「尻尾《しっぽ》はもうちっとすいいと伸ばしな」だの「目玉をそんな黒々と塗りつぶしちゃあ品がない」だの文句をつけてくる。終《しま》いには「ああ、もう下手くそ」と絵筆と紙を引っ摑《つか》み、志乃の隣に腰を据えた。

志乃の袂と燕弥の袂が擦《こす》り合って、しゃらしゃらと音がする。燕弥の頬の黒子《ほくろ》がよく見えて、志乃は心が綻《ほころ》ぶのがわかる。ついでに口元もゆるんで、言葉がぽんと飛び出しそうだ。

怒られるかしらん。ううん、平手が飛んできたっておかしくない。でも、言ってみ

たい、許されたい。

「旦那さまの方が下手くそでいらっしゃいます」

言った、言ってしまった。志乃は息を詰めて隣を見やった。燕弥はぷりぷりと怒っている。

「わたしは雪姫なのよ、そんなわけがないでしょう」

ほらご覧なさい、と絵筆を豪胆に動かす燕弥の手を志乃はずうっと見ていたいとそう思った。


絵草紙屋で数枚龍の絵を購ってから、店を出た。

重陽《ちょうよう》の節句が近いからか、大通りを歩いていると菊の香がほのかに匂ってくる。匂いを追っかけて首を伸ばすと、秋風の冷たさに首筋をびくりとやられるのだが、志乃は、お天道《てんと》様もうちっと頑張ってくれてもいいのに、と吝《けち》をつけたい心持ちだ。

もっと寒くなってくれたなら、今より旦那さまに身を寄せられる。勿論《もちろん》、芝居贔屓《びいき》たちの目を気にして今は、燕弥が歩くその斜め後ろを五歩ほど下がって歩いているが、木枯らしが吹く頃合いには四歩、霙《みぞれ》は三歩で雪はおまけで一歩半。そんな馬鹿な想像に頬を緩めながら、志乃は燕弥を急ぎ足で追う。歩幅がほんの少しだけ燕弥の方が大きいことも、志乃は嬉しい。

と、くんと弱い力で袂がひかれた。振り返ると、前を歩いていたはずの燕弥が志乃の袂を両手で引っ摑んでいる。流石役者の足の運び方、あまりに自然で気付かなかった。驚きつつも「どうされました」と声をかけるが、燕弥はだんまり。志乃の後ろに回って、志乃の袂で顔を隠す。

志乃は顔を上げる。すると、男がこちらに向かって歩いてくるのが見えた。その腰の高いお姿と品のある細面は、先の絵草紙屋の女客たちが握りしめていた絵の中で幾度となく拝見したもの。

仁左次さん。たしか燕弥は芝居小屋で、そう呼んでいた。

歩き方ひとつにしてもぽうっとなるほどの男前が、このようにして大通りの真ん中を歩いていて良いものなのか。人気役者は駕籠《かご》を使うと聞いていたが、幸い志乃たちに目を向けてくる通行人はいない。仁左次は志乃たちの前で足を止め、柔く微笑んでみせた。

「菊の香に誘われてお散歩ですか。こいつぁ夫婦仲睦《むつ》まじくいらっしゃる」

「い、いえ。そんな仲睦まじいだなんて……」

見目には女二人の散歩にしか見えぬはずだし、周りもそのように判じているに違いない。それを夫婦と称されて、志乃の心は一息に舞い上がる。照れながら志乃は目の前の男を見上げたが、色の薄い目玉は志乃なんぞを映しらゃいない。

「なあ、燕弥」

声をかけられた当人は恥ずかしがるようにしてそっぽを向いている。が、次の瞬間、仁左次は手を伸ばし、燕弥の腕を掴んで捻《ひね》り上げた。志乃は、踏み込んだ仁左次の体に突き飛ばされて、地面に突っ伏す。燕弥さま！　手のひらから滲《にじ》む血にも構わず、体を起こせば、燕弥は仁左次と向かい合っていた。所作事で鍛えた足腰のおかげか倒れもせずに、空いている手で燕弥の腕を掴む仁左次の手首を押さえつけている。燕弥の切れ上がった目がこちらを向いた。地面に倒れ込んでいる志乃を目の端に映したかと思うと、

「なにしやがんでぇ」

燕弥は低く唸りをあげた。その剣幕に志乃は目を丸くするが、次に目を丸くしたのは燕弥だった。

燕弥の腕を握りしめたまま、仁左次の口がぽかんと開いている。

「なにしやがんでぇっつったのか……」

呆《ほう》けたように呟いて、

「てめぇ、今、なにしやがんでぇとほざいたのか！」

火の玉を吐くようにして叫ぶ男の額に青筋が浮き上がる。

水にくぐらせたばかりの菖蒲《しょうぶ》の葉のように涼やかで品のある男の顔が一気に赤黒く染まるのは、なんとも醜悪だった。仁左次の手を振り払う燕弥の顔は見えなかった。燕弥は志乃の手を摑み地面から引っ張り上げようとして、すぐさま手を放す。怯《おび》えたように己の手を見、踵《きびす》を返した。

その日、燕弥が部屋から出てくることはなかった。


一言も喋《しゃべ》らぬ燕弥が稽古《けいこ》に行くのを戸口で見送って、志乃は茶葉を購おうと思った。まるで泥かと見間違うほどの、飛び切り土色の濃いやつだ。簞笥《たんす》の中の紙入れを握り、土間に下りたその時、戸口にかかる声がある。

「突然の訪《おとな》い、どうかご勘弁くださいな」

この物腰柔らかな声が、一寸の内にあたりをはばかりもしない胴間声《どうまごえ》へと変わることを志乃はもう知っている。だが、志乃はとまどうことなく、格子戸に手をかけた。

「旦那さまは稽古に出ておりますが」

「もちろん存じておりますとも」

格子戸の前の仁左次はにこりと笑みを作る。その優しげな口端には涎《よだれ》の泡なぞ見る影もない。

「俺も先ほどまで森田座の稽古場に立っておりましたから」

まわりの役者たちに断りを入れ、稽古を抜けてきたのだとこの男は言う。

「一体、どうしてそんなこと」

「いえね、急に癪《しゃく》に襲われちまいまして」

あっ、きたきた。ほうら、きやしたよ。仁左次はゆっくり膝を折り、片手で格子戸にもたれ掛かる。江戸が誇る檜《ひのき》舞台で、天辺まで上りつめた名題役者がとんだ大根。こんちくしょうめ、いてえいてえと帯の上あたりをさする男は笑っている。傷ひとつない指が家の奥を指し示し、

「お家にあがらせていただいても？」

志乃は黙って足盥《あしだらい》を取りに部屋へ戻った。

茶と真桑瓜《まくわうり》を出すと、仁左次は至極丁寧に礼を言い、端正な手つきで物音ひとつ立てずに瓜を切る。口に運ぶ際には口元に手を添えるなどして、昨日見た皺を刻んだ赤ら顔とどうにも割り符が合わない。

「ご用件をお聞きいたしましょう」

聞かずともわかっていたが、そう切り出した。

仁左次は志乃の言葉に皿を置いたが、爪が皿の縁に当たって小さな音が出た。

この男が変わるきっかけは、燕弥だ。

「最初はまあ、べんちゃらが上手《うま》いだけの中二階だと思っておりました」

通る声が上上吉と評された役者が今は、静かに和紙に染み入るような声を出す。

「顔は上物だが、目を見張るほどじゃない。踊りも周りから抜けているといってもせいぜい、赤ん坊の拳《こぶし》一つ分。どうやら立《たて》作者に媚《こ》びへつらって取り入っているようだが、若さと新味を吸い取るだけ吸い取られて、捨てられるのが落ち処。一度でも檜舞台で名のある役をもらえりゃ、冥土《めいど》の土産になるだろうさ」

そんな風に思っていた仁左次が贔屓《け》に座敷へ呼ばれた帰り道のこと。路地裏で一人の女子《おなご》が男どもに囲まれて、殴られ蹴られしているところに出くわした。とばっちりはご勘弁とばかりにそそくさ逃げ出そうとすると、その内の一人が、足元に気を付けろと仁左次に親切な声をかけてきた。よくよく話を聞いてみれば、なにやら路地に糸が張ってあり、男どもはそいつに足を引っ掛け、すっ転んだのだという。その下手人こそがこの殴られ蹴られの女、いや女形。天水桶《てんすいおけ》の陰に隠れ、人が地面に転がる様を見ていたという。満足した男たちが通りに消えてから、仁左次は倒れ伏したままの女形に聞いてみた。男たちに何ぞ恨みでもあったのか。女形は血の混じった唾を吐き、その口元を袂で押さえて答える。次の芝居で尻餅《しりもち》をつく女中役をもらった。だから、人が尻餅をつくところを見たかった、と。

「聞いているこっちが恥ずかしくなったさ。台詞もつかねえ尻餅役にこの気合の入れよう。ただの中二階が千両役者にでもなった気でいやがる」

そういう輩《やから》にかぎって下手糞《くそ》というのが世の常というやつで、仁左次は優しげな顔を浮かべてやりながら、見てやるから演ってみな、と言い放った。さあ、下手糞か、ど下手糞か。それとも、も一つどが必要か。女形はこちらを睨みつけて立ち上がり、そのまま演った。仁左次はふうん、と鼻を鳴らしてから、明日もここいらで稽古するのか、と聞いた。近くの寺の境内でと答えるので、次の日はそこに出向いた。その次の日も、また次の日も出向いていた。

「そそられた」

仁左次はふっと息を吐くように笑う。

「俺は、あいつにそそられたのさ」

仁左次の口から出るあいつとの言葉の響きが、志乃はとても嫌いだと思った。

「顔じゃない。それなら、中村座の寅弥《とらみ》の方が別嬪《べっぴん》だ。踊りか。それなら、大坂《おおさか》の千《せん》雀《じゃく》の方が上手だね。そそられる訳を考えてみるが、どうにも説明がつくものがねえ。こいつぁ、ほんものだと思いやしたね。森田座の立作者が唾をつけていなすったのも、ようやく腹に落ちました」

「説明がつかぬのに、どうしてほんものだとわかるのですか」

志乃は知らず噛《か》み付いていた。たぶん噛み付ければ、なんでもよかった。仁左次は寸の間、言葉を切って、

「言葉にできねえものこそが、いっち凄《すご》くて、いっち恐ろしいんですよ、御新造《ごしんぞう》さん」

と神妙に言った。

だからこそ、森田座の立女形《たておやま》がところてんでぽっくりいくというまたとない機会に、燕弥を使うよう、仁左次は立作者に進言した。案の定、無名の中二階は時姫で大当たり。仁左次は相方として心ゆくまで稽古に付き合い、燕弥を育て上げた。女形としてどこまで上り詰めていくものか、楽しみだった。

「ところがどっこい、あいつは変わってきやがった」

仁左次は左の口端をひん曲げると、志乃の目の前に手を出し、忌々しそうに指を折る。

「前と比べて声が低い。歩幅が広い。時折、糠味噌《ぬかみそ》と魚の焼いた匂いをさせている。

虫嫌いは前からだが、態《わざ》とらしく大きい声をあげて驚かない。終いには、人がわんさと通っている大通りの真ん中で俺が腕を掴んだとき、あいつがなんて言ったか覚えておりますか」

なにしやがんでぇ。

「仰天しましたよ。とんでもなく驚いた。びっくり下谷《したや》の広徳寺《こうとくじ》ってところです」

口では転合《てんごう》を言いながら、

「そんなの、まるで男じゃありませんか」

目の奥では何かが蠢《うごめ》いている。

「燕弥が修行講で俺の家に寝泊まりした際に、おやと思う部分もありましたが、こうも進みが早いとは。いえ、ご安心くださいな。燕弥を変えちまった種はわかっているんですよ」

志乃は思わず畳に視線を落とすが、それを見越していたかのように、長い指がとんとんと畳を叩いて、志乃の背筋をびくりとさせる。

「なあ、お志乃さん」

声と指に追い立てられて、志乃は、でも、と口にしていた。

「でも、女形でも女房を娶《めと》る人は多いと聞いたことがあります」

自分でも言い訳がましいと思える物言いは少しばかり舌がもたつき、代わりに役者の舌が志乃の台詞をするりと引き取る。

「女房を娶って、子をなす女形の方が多い。その中には平生から女の姿をしている女形も含まれますが、燕弥は俺に女房なぞ娶らないと宣言しておりました。おそらく己でわかっていたんでしょう。あいつの体は女とお姫さんを留めおくのに精一杯。そこにもう一人男を入れて、使い分けるだなんてそんな器用さは持ち合わせちゃいない。それどころか女として仕立てた体は焼き上げたばかりの伊万里《いまり》焼のように繊細だ。異物が入り込むと一気にそこからひびが入る」

異物に向かって仁左次は、にっこり笑みをむけてくる。

「そんな瀬戸物が嫁をもらったというからどうなることかと思っていましたが、やっぱりこうなっちまうよねえ」

俺が腕を摑んだ時のあいつの顔を思い出せるかい、と志乃に口を挟む隙を与えず、仁左次は言い立てる。

「燕弥は俺に突き飛ばされて地面にすっ転んだ哀れな己の女房を見て、俺に啖呵《たんか》を切ってきた。喜びなよ、お志乃さん。あんた、大事にされているんだよ。それで、そういう夫婦の仲だの情だのが、女形としての燕弥を潰《つぶ》すことになるんだぜ！」

最後には叫ぶような声音だった。吐かれた言葉がすべて畳に染み込むだけの刻《とき》が過ぎてから、

「訪いの用件は、御新造さんへの忠告だ」

仁左次は静かにそう言った。

「これ以上、燕弥の男の部分を刺激するのはやめてくれ。あいつを檜舞台に残したいなら、あいつを男に戻しちゃならねえ」

なんでえ、と志乃は思った。武家の女にあるまじき口捌《くちさば》きだが、この場合はなんでえ、だ。仁左次のその、燕弥のことをすべてわかっているかのような口ぶり。

「私はあの人の女房です」志乃はどうしても腹が立った。「あなたに指図される覚えはございません」

「お前は女形の女房なんだろう」

仁左次の言葉に志乃は顔を上げる。仁左次は真っ直ぐ志乃を見ている。

「燕弥の女房にはなるんじゃねえ」

仁左次は家を出て行った。部屋に残されていた真桑瓜の皮には蟻がたかっている。綺麗《きれい》な緑色をした茶には口ひとつ付けられていなかった。

茶を啜るなり「そいつはできているわね」と、この女房は事もなげに言ってのける。

「できている……」

志乃が見るからに肩を落としているにもかかわらず、

「口吸いよ、口吸いの仲」と言い足すところは、さすが、読売に載っても次の日にはある。

堂々と馴染みの呉服屋に顔を出し、思い切り買い物を楽しんでいただけのことはある。

出会った当初はこの女房、お富の図太さにしょっちゅう疳《かん》の虫をつつかれていたが、付き合いが長くなるとこういう真っ正直さにほっとさせられたりもする。しかし、今の言葉には息なぞついていられない。

「口吸いの仲って、そんな。燕弥さまと仁左次さんは男同士なんですよ」

「別におかしかないでしょ。衆道《しゅどう》にお盛んなお侍なんてわんさといたんだし、三代目の将軍さまだって子作りはそっちのけで小姓《こしょう》を毎日侍《はべ》らせるもんだから、国中から女の綺麗どころを城に集めたって話じゃない。陰間《かげま》茶屋もこの江戸じゃあ、そこら中にあるんだし」

ああ、陰間茶屋の名を出されては、志乃はもう、口をつぐむしかなくなってしまう。

陰間茶屋とは、言うなればまだ年端も行かぬ男の子が男に春をひさぐ場所で、若いのが好みなら新部子《しんべこ》、芝居に出ている人気のがよければ舞台子《ぶたいこ》、ちいと年はいきましたが、いやはや色気がたっぷりでなのが陰子《かげこ》と、客の好みに合わせて用意ができるほどの近年の繁盛ぶり。この舞台子出身の役者は多いが、そのほとんどが、茶屋で学んだ男を喜ばせる所作を昔とった杵柄《きねづか》にして女形になる。燕弥は舞台子ではないらしい。尊敬する名女形がこの出身とあって、なぜ己は違うのかとひどく悔しがっていた。

そして、この陰間茶屋を経営している者には役者が多い。芝居者と男色の繋《つな》がりをこうまで見せられてしまっては、燕弥と仁左次の口吸いの仲も一気に真実味が増すというもの。

「湯島天神《ゆしまてんじん》に麴町《こうじまち》天神、芳町《よしちょう》に、あんたが住んでる木挽町にもあったはずよ。なんなら今からついてってあげてもいいわ」

お富は皿の上の金鍔《きんつば》を急いで頰張るが、志乃はいいえ、大丈夫です、と言って茶を差し出す。

「旦那さまと仁左次さんが相惚れであることは間違いないようですし」

そもそも仁左次に対し、ああやって啖呵を切ったこと自体おかしかったのだ。よく考えてみれば、燕弥のために役者の女房であるべきとの仁左次の言はまっこと正しい。志乃はぎりりと唇を嚙む。あれほど役者の女房としてのあり方を探していた己はどこへ行ってしまったのか。

燕弥のせいだ。

燕弥が絵草紙屋になぞ志乃を連れて行ってくれるから。燕弥が志乃に柔らかな表情を見せてくれるから。役者女房の札も武家の娘の札も首から提げていない志乃に価値があるかのような目をしてくれるから。

「何を尻込みしてんのよ。立ち向かいなさい」

「え」と素っ頓狂な声が口から漏れたが、お富が構うわけもない。

「引き摺《ず》り下ろしてやればいいって言ってんの」

「引き摺り下ろすって、仁左次さんをですか」

「それ以外、誰がいんのよ」

ここで、ずず、とお富のお隣から茶を啜る音が聞こえてくるのは、わざとに違いない。品を第一に考える女房がそんな音を出すわけがないからだ。あの日、読売に載ってからお才はこれ以上話に尾鰭《おひれ》がつかぬよう息を潜めて十四日、家から一歩も出なかったと聞く。

茶の音に遮られ、一旦《いったん》口を閉じたお富がまたなにかしらを口にする前に、

「店ん中でそないな大きい声を出すもんやありまへん。ほんまやかましいお口やこと」

お才の凜《りん》しゃんとした声が窘《たしな》める。お富はぶすくれるが、牙《きば》を剝《む》くことはなく、お

才も涼しい顔でまた茶に口をつけている。暫《しばら》くだんまりが続くが、これで存外うまく回っているのだと志乃は思っている。

三人で茶屋に集まるのは、これで三度目になる。はじめに声をかけてきたのはお富だった。ある日突然、女中が家まで届けにきた文に書かれていたのは茶屋のお誘いで、役者の女房同士、咲かせるお話もありましょうと丁寧な筆遣いで店の名とその場所、刻限が書かれている。役者女房との呼び名に心が浮き立って、のこのこと足を運べば、なんとお才がつんとすまして一人茶を飲んでいる。お富は駕籠に乗って現れるなり、店の娘に鋭く目を走らせた。どうやら番付に載った看板娘の視察も兼ねているらしい。

最初は三人小上がりでおとなしく菓子を口に運ぶばかりだったが、旦那の悪口が話題に上ると一転、衣裳《いしょう》は役者持ちだから増えるばかりで置き場所に困るだの、体は資本と言って水を京から取り寄せているのが金子がかかるだの、金木犀《きんもくせい》のように一気に花が咲くこととなった。

それからというもの、月に一度ほどお互い用事の合間を縫って茶屋巡りをしている。

今日のお店は金鍔《きんつば》が人気で、来年には番付で前頭くらいには食い込むんでないかと言われている代物だ。皿が目の前に置かれたときから、餡子《あんこ》を包んだ小麦の薄皮からはほのかにごま油の香りが漂って、志乃の口にはじゅんと涎が湧いたが、その丸い平らの菓子は未《いま》だぽつねん皿に残っている。

「役者の女房が二人揃って、とんでもないあんぽんたんやおまへんか」

お才の口振りは水のようにすっきり見えて、その実、飴をとかしているようにねちっこい。

「お富はん、あんさんはそうやってすぐに人を焚《た》き付けはるから、あの欠落ち騒動がおこったんやおまへんか。読売にまで書かれて、こっちはえろう迷惑を被りました。まだ懲りてへんかったんかいな」

お富が口をへの字に曲げたまま、ずずと茶を啜っているかと思えば、

「あんたもあんたであきまへんのやで」と志乃に急に矛先を向けてくる。

「考えもなしにぽんぽんと出任せに乗せられて。せやから万事悪い方向へ転がっていくんやないか」

「じゃあ何よ。このまま自分の宿《やど》が男なんかに奪われるのを、黙ってみてろって言うわけ？」

ついにはお富が毛を逆立てるが、話を落着させてくれるのはいつだって、志乃より二つ年上のこの女房だった。

「志乃はんの旦《だん》那さんと玉蟬《たまぜみ》屋はんができているとはまだ、決まったわけでもありま

へんやろ」

一番年嵩《としかさ》の女房が「どうしようってのよ」と金鍔で膨らんだ頬をさらに膨らませる。

「まずは二人の関係を明らかにせんことには始まらへんのとちゃいますか。お富はんも浮気探しでよう分かったあるでしょうに。男ってのは理詰めでしか動かれへん生き物やさかい、ひとたび証拠を出されたら最後、ぺらぺら白状するはずでっせ」

男という部分にほんの少し引っかかった。燕弥を男の性質に当てはめて良いものかわからない。わからないが、志乃は当てはめたいと思った。

志乃とお富は顔を見合わせて、大きく一度頷《うなず》いた。

「本当に勘弁してくんなよ」

男のこめかみを次から次へと汗が伝い落ちている。それらが冷や汗に見えてしまうほどの狼狽《ろうばい》ぶりで、申し訳ないことこの上ない。志乃は楽屋の隅っこで体を縮こめる。

「今日がなんの日かわかってんのか。惣《そう》ざらいの真っ最中だぜ」

「だからあんたの出番が終わるまで、こうして楽屋で待ってやったんだろ」

森田座の三階、十海屋寿太郎の楽屋で足を崩して居座るお富も、今日のところは少しばかりは済まないと思う気持ちがあるらしい。水を濡らした手拭《てぬぐ》いで諸肌《もろはだ》脱ぎの夫の二の腕を拭《ふ》いている。

「楽屋風呂《ぶろ》もつかったのに、あんたの汗っかきは相変わらずだね」

「それだけ惣ざらいは身を削られるんだよ。お前にゃわからねえだろうけどもさ」

豪奢《ごうしゃ》な鏡台に背を向け、寿太郎は胡座を組んでいる。鏡に映った背中でぷつぷつと汗が湧く様に、心が咎《とが》めているのかお富の唇が尖る。

「でも、もう仕舞いなんだろ」

「馬鹿野郎。明日が初日なんだぞ、やることは山積みだ」

寿太郎が言ったそばから、楽屋暖簾《のれん》を押し上げて、付帳《つけちょう》をもった小僧が「衣裳です」「小道具です」と声を張り上げ、一人一人入ってくる。寿太郎の前に列を作った小僧が甲高い声で読み上げていくのは、どうやら衣裳の枚数や小道具の細工らしく、寿太郎は一つ一つにうんと頷いたり、ならねえならねえと注文を付けたりしている。この間ばかりはお富も口を閉じていた。

志乃は息を押し殺し、廊下に耳をそばだてる。廊下ではまだ惣ざらいが進んでいる。雪姫が直信に縋《すが》り付く声が、燕弥が仁左次に縋り付く声が聞こえたような気がして、目を閉じる。

惣ざらいの音を耳に入れぬよう、志乃は、寿太郎の楽屋乗り込みまでのあれこれを思い返していた。

金鍔を食べ終えるのを待たずして、燕弥たちに突きつける証拠は、同じ座内の役者の証言が手っ取り早いというお話になり、役者の目星も早々についた。

そして今朝、志乃との待ち合わせ場所に現れたお富は、なぜだかその長い足を木挽町に向けた。あら、と志乃は首を傾げる。お富の家で稽古帰りの寿太郎を待ち受け、話を聞かせてもらう段取りのはず。お富さんのおうちは堺町でなかったかしら。聞いてみると、お富はあっけらかんと答える。

「仁左次もあんたの旦那もいる森田座で聞くのが一等早いでしょ」

この女房はまたぞろ芝居小屋乗り込みをやってのける心算らしい。とんでもないと志乃はお富の腕にむしゃぶりつく。

「あんなにこっぴどく怒られたというのにもうお忘れなんですか！　それに今日は惣ざらいの日です」

初日の幕が開く一日前の稽古のことをそう呼んで、三階廊下の稽古場で本番さながらに芝居を通す。衣裳に鬘《かつら》、小道具は使わないのだが、だからこそ体の運びや台詞の調子がひときわ目に、耳につくもので、役者の誰もがぴりりとすると聞いている。忍び込みが見つかった日には、八つ裂きにされても文句は言えぬ。

「だからこそじゃない。みんな、己の仕上げにかかりっきりで、あたしたちの姿を目に入れる余裕なんてありゃしないわよ」

お才がついてこようとしなかった理由はこれかと、今更ながら志乃は得心した。お富が渋味が深い着物を着てこいと注文をつけてきた時に気づくべきだったのだ。

しかし、お富も自分なりに反省はしているようで「安心してくんな」と志乃に上目を遣ってくる。

「たしかに前は稽古場で暴れ回っちまったけど、今回はこそこそとやるつもりでいるからさ。要は人目につかず忍び込んで、人目につかず消えればいいってことでしょう」

お富にしがみついていた腕の力が、すんと抜けた。

「まあ、そう、ですね」

頷いてから、はて、と志乃は不思議に思った。今のそうですね、はちょっと早すぎやしなかっただろうか。もしかして、あんな大騒動を引き起こしたくせに、私は芝居小屋に入りたいと思っているのだろうか。でも、しょうがないわよ、と囁《ささや》く声がある。

だって、私は、

「蛇よ」

「え？」

「女たるもの、蛇のごとく執着を持てってのは、あんたの旦那が夏芝居で教えてくれたことだろ。だから何をしてでも仁左次とあんたの旦那との関係を暴かなきゃならないのさ」

「そう、ですよね」

なんだかいいように清姫を使われ丸め込まれたような心持ちもするが、それでも志乃はお富に従った。前のように木戸役者に袖の下を渡し、蛇のごとくするりと芝居小屋に忍び込んだ。

鼠木戸《ねずみきど》をくぐって足を踏み入れた小屋内は、惣ざらいとあって、熱い空気で膨らんでいた。

一階では舞台だけでなく、客席まで使って大道具が所狭しと並べられ、汗染み鉢巻をした男たちがとんかちを叩いている。木に当たるたびに汗の飛び散る男たちの腕は赤く腫《は》れ上がり、まるで鬼だと志乃は思った。鬼たちは、志乃たちが近くを通っても脇目一つよこさない。狂言作者の描いた下絵と棟梁《とうりょう》が引いた図面を突き合わせ、怒鳴り合っている道具方の目にも、やはり志乃たちの姿は入っていないようだった。貼り方が木組の上に紙を刷毛で貼り付けている。糊《のり》付けする部分を見極めているのか、木組を睨みつける目が目の縁から飛び出しそうだ。泥絵具を溶くために大きなすり鉢を擦り込む男の指から膠《にかわ》が垂れる様は幽鬼のよう。舞台の背景となる書割に向かって絵筆を動かす絵師の頸《くび》は恐ろしいほどにぴいんと張っている。ぱっくり割れて、何かが這《は》い出してきてもおかしくない。

皆が体に鬼気を籠《こ》め、芝居を動かすために一心不乱で、己の仕事に立ち向かっている。

志乃は打ちのめされた心持ちだった。

女である志乃はどう足搔《あが》いてもここには加われない。それどころか己の俗な欲心を満たすためだけに、こうして小屋に忍び込んでいる。どうにも居《い》た堪《たま》れなくなって、最後は小走りで一階を抜けた。

志乃たちは段梯子《だんばしご》を使って二階へ上がる。この階にある楽屋は女形のものと決まっているから志乃たちの姿も紛れるはずで、幾分気を抜いて廊下を渡れた。小道具方や鬘師が自分たちの工房で作ったものを小屋に持ちこむ時分と重なったらしく、うまい具合に三階に上がれたが、ここからが肝心要《かなめ》。三階の廊下が惣ざらいの稽古場で、見つかってはただでは済まない。早々に目当ての楽屋を見つけて近づいた。いつもなら楽屋番がいるのだが、大道具に大きな傷が入っていたということで修繕に駆り出されていたのがもっけの幸い。志乃たちは名題《なだい》役者の広々とした一人楽屋でほうっと安堵《あんど》の息をつき、弟子を引き連れ現れた寿太郎は、志乃たちの姿に天井を見上げ、ぺしりと額に手をやったというわけだ。

小僧らの付帳の列は落ち着き、どうやら汗も引いたらしい。はああ、と声の割合の大きなため息をついてから、寿太郎は胡座に立てた腕に顎《あご》を乗っけた。

「せめて玉蝉屋が来る前に終わらせてくれや。近頃、何かしら気に入らないことがあったら、すぐに毛を逆立てやがる。顔は笑っているから怖いのなんのって」

寿太郎の向かいに座り直したお富が「おや」と嬉しそうな声を上げた。

「お前さんにしたら、勘働きが冴《さ》えているじゃないか」

「うん？」

「あたしらはね、その玉蝉屋のことを教えて欲しいのさ」

そこで志乃がお富の言葉を引き取って、仁左次と燕弥の仲を疑《うたぐ》っているとのお話をした。寿太郎は黙って聞いていたが、志乃が話を終えて、開口一番。

「そいつは調べねえ方がいいいさ」

言って、話は終わったとばかりに楽屋の外に待たせている小僧を呼び込もうとするので、志乃は慌てて声を上げる。

「どうしてですか」

「調べたって詮《せん》がねえからだよ。あんな関係、嘘か真《まこと》かわからんものさ」

「そうやって煙《けむ》に巻こうったってそうはいかないよ」

ずいいと膝を前に出し、横目でちらりと志乃に目をやるお富の姿は頼もしい。

「あんたら芝居者が一目置いてる、かの坂田《さかた》藤十郎が女形の霧波千寿《きりなみせんじゅ》とできてたって話は、芝居の界隈《かいわい》でも有名だ。あれも檜舞台の上から始まった口なんだろ」

「山城屋《やましろや》を引き合いに出しちゃいけねえ。あの人は間夫《まぶ》の心持ちを学ぶために人妻に言いよって、濡れ事を十八番《おはこ》とする役者だぜ。役者の芸というものは乞食袋《こじきぶくろ》。要ろうが要るまいがなんでも見つけて拾い次第、袋に入れて持って帰れってのが、あの人の口癖だ。相方とできていたって、山城屋なら乞食袋を肥やす一環であってもおかしかないさ」

「できてたってことには変わりないじゃないか」

「その、できているってのは、なにをしてりゃあいい？　口吸いをしたら恋人の関係か。魔羅《まら》を穴に入れれば、恋人の関係か。逆に小指を繋げるだけだから、目を見てそっと外すだけだから、舞台の上だけの関係か。お志乃さんは、仁左次と燕弥がどうであれば怒って、どうであれば安心するんだい」

お富が口籠り、志乃がぐっと喉を詰めるのを見て「だから、調べても詮がねえと言うのさ」と寿太郎は気怠《けだる》そうに盆の窪《くぼ》を扇子の柄で掻く。

「ましてや燕弥は芝居の役の性根が絡んでくる。あいつらの関係を嘘か真かと判じるのは土台無理なのさ」

口振りは軽いが、声には芯《しん》があって聞かせてくる。これだから役者は怖ろしい。

「玉蟬屋と燕弥が抱きしめ合っているところは見たことがあるぜ」

十日ほど前のこと。大道具の陰に隠れるようにして仁左次と燕弥が向き合って、互いの背にそっと腕を回していた。二人とも衣裳に鬘をつけたままだったという。

仁左次と燕弥が男女の間柄になるのは此度《こたび》で三度目だ。一度目の時姫は三浦之助が最後の最後まで時姫のことを信じない。二度目の清姫は蛇となって安珍を焼き殺す。

「燕弥は雪姫、玉蟬屋は直信だから、此度でようやく相惚れになれたってわけだ」

相惚れとの言葉の響きに、志乃の心はちりちりと痛む。

「その抱擁が役として高め合ってんのか、それとも、その時のあいつらの中からは役が消えていて、純な恋慕う気持ちで腕を回してんのか。見目で判ずるすべはねえ。できているかと思ったら、次の舞台になりゃあ目すら合わせなかったりする。だからこそ、そんなものに拘《かかずら》ってちゃいけねえと俺は言うのさ。頭がこんがらがって生きてはいけねえよ」

「あんたは一体、何が言いたいんだい」

お富が苛々とした様子で突っかかるが、寿太郎はどこ吹く風だ。

「俺からすれば、そんなものにぐちぐち悩む必要なぞないってことさ」

首を傾げる志乃の目の前に小指をぴんと立て、堂々と言ってのけた。

「あの二人ができていてもいいじゃねえか。あんたも情人《いろ》を作ってやりゃあいいんだよ」

その小指に怒り狂ったのは、不貞腐《ふてくさ》れた様子で腕を組んでいた隣の女房だ。

「てめえ、黙って聞いてりゃいい気になりやがって！」と畳に思い切り膝を突き立てる。

「てめえなんぞに話を聞きにきたあたしが馬鹿だったんだ。お志乃！　あたしが代わりの役者を見繕ってきてやるから、ちょっとばかし待ってなよ」

炒《い》り豆が弾《はじ》けるようにして楽屋を飛び出していったお富に、呆気《あっけ》にとられていた志乃だが、我に返ると同時に不安もよぎった。しかし、

「読売に載った日には流石のあいつも反省しきりでしょげ返っていたさ。それからまだ幾月も経ってねえ。他の役者に見つかるような馬鹿はしねえはずだから、安心しなよ」

志乃の不安を先回りした名題役者は扇子を広げ、首筋に脇にと風を送る。

ぱたぱたと扇子を使う音だけが部屋の中に広がっていく。志乃はふと口にした。

「わざと怒らせたんですか？」

「うん？」と扇子が止まり、「へえ、わかるかい？」と寿太郎は畳に扇子の柄を立てる。

ようは志乃の悩みを出しにしたのだ。わざとお富を煽《あお》り、怒らせた。浮気の噂に怒《ど》髪天《はってん》、芝居小屋まで乗り込んだ人間に、情人の言葉を出せばどんな反応があるのか、想像できぬはずがない。

「どうしてそんなことを」

志乃は前々から不思議であったのだ。怒って泣いて、気随気儘《きずいきまま》な己の女房を、寿太郎は随分と甘やかしている。今日だって、あれだけの騒動を起こした科《とが》がありながら、また性懲りもなく小屋に乗り込んだお富を、この男は決して追い出さない。

「さっきは俺もちいと語り過ぎた。俺ぁ、あいつに余計なことをつらつらと考えてほしくないわけよ」

「女は馬鹿でいろとそういうことですか」

きつくなった物言いには言った己自身が一番驚いた。今までの志乃であれば、女は馬鹿でいろとそういうことですね、と語尾を変え、訳知り顔で頷いていたはずだった。

「あいつには真のままでいて欲しいのさ」と寿太郎は言う。

「あいつは泣いて怒って拗《す》ねて笑って、いつだって己の心玉に映ったままに体を動かす。そういう純なところに俺はほっとする」

またぱたぱたと扇子を動かし、楽屋口に目をやった。楽屋暖簾の向こうでは小屋の人間が大勢行き交っているのがよく見える。

「芝居ってのは嘘尽くし。真だって混ぜるが、それも板の上に乗せた嘘を塗り固めるための材料だ。勘違いしないでおくんなよ。俺は芝居が嫌いなわけじゃあねえ。芝居の内容が気に入らねえってんで口を出してきたお上に、おや、そんな目くじらを立てなさって、こんなもの嘘事じゃあないですかと言いのけてやんのは俺も胸がすっとする。だが、嘘ばかりに囲まれていると、息が詰まることもあってね。水面《みなも》近くの金魚のようにぱくぱくし始めると決まってあいつは現れて、俺に泣いたり怒ったりと己の心持ちをぶつけてくる。とんだ目にあったと思うときもあるが、気づけば俺は息ができている」

寿太郎は、ぱたぱたと己の喉に向かって風を送っている。

「あいつは決して嘘をつかない」

童《がき》がおっかさんにやるような可愛いやつはよくつかれるがね、と少しばかりおどけてみせて、続けて思いついたように、あいつの左の小指を見たことがあるかい、と志乃に尋ねる。志乃が素直に頷くと、

「あれは、俺に対する証立《あかしだ》てでね。以前、俺があいつの密通を疑った時、自分で自分の指を切り落としやがったんだ。まるで客に指切りをする花魁《おいらん》のようにねえ」

寿太郎は一寸凄《すさ》まじい笑みを浮かべたかと思うと、すぐに凪《な》いだ。

「俺はこれからもずっと、あいつに怒られたり、泣かれたり、拗ねられたりしたいんだよ」

志乃は思いがけず、役者といういきものの肚《はら》の底に沈んだ何かに触れた気がした。だが、この役者の深いところをお富はきっと知らないし、知ろうともしないのだろう。目の前で胡座を組む役者の姿が、志乃の目にはどこか哀れに映った。

「あまりに煽られますと、嫌われてしまうかもしれませんよ」

諫《いさ》めたつもりだったのに、「それもいいねえ」と寿太郎はなぜだか口端を吊り上げ

る。

「好きが目減りし始めるんだったら、次はうんと憎まれてえや。あいつはどんな顔を俺に向けてくれるんだろう」

お富の憎悪の顔をにやつきながら夢想する男と、夫の立場も考えず己の心のままに体を動かす女の一対は、役者とその女房からも、世間の理想とする夫婦からも大きく外れている。二人を結ぶ糸は粗末でこんがらがっていて、でもだからこそ結び目は固く、おそらく容易には解《ほど》けまい。

志乃にはそれがとても羨《うらや》ましかった。

付帳を胸に抱いて順番待ちをする小僧が増えてきたので、志乃は寿太郎の楽屋を出て、お富を探すことにした。騒動が起こっている様子もなく、ひとまずは安堵したが、それからいくら廊下を行きつ戻りつしても、お富の姿はどこにもない。部屋の中に身を隠しているのかしらんと、手拭いで頬被《かむ》りをした顔を部屋の入り口に突っ込んでみたりしていると、廊下の向こうから歩みを進めてくる人の塊がある。手拭いや脱ぎ終えた衣裳を持った弟子を引き連れた、稽古終わりの役者たちのようで、その中にはあの仁左次の姿もあった。志乃はさっと青ざめる。

見られるわけにはいかない。きっとあいつは旦那さまに告げ口をする。踵を返そうとしたそのとき、突然横から手が飛び出てきた。腕を掴まれ、ぐっとんでもない力で引き寄せられる。

燕弥だと思った。咄嗟《とっさ》のことに体は動かぬ癖に、頭は勝手に燕弥が助けてくれたのだと判じる。志乃は部屋の中に倒れ込む。手をついた拍子に埃《ほこり》が舞い上がった。汗の饐《す》えた臭いも鼻につく。だが、そんなことよりまずはお礼をと立ち上がろうとした志乃の頭の上に落とされたのは、望んでいた声ではなかった。

「こんなところで何をしているんですか」

見れば、善吉が志乃を見下ろしている。ほんの少しがっかりした。同時に志乃は、己の裡《うち》でなにかがとぐろを巻く音を聞いた気がした。

落ち着いてまわりを見回せば、籠に堆《うずたか》く積まれているものは修繕が必要な着物のようで、どうやらここは衣裳蔵らしい。志乃は善吉をもう一度見上げる。役者の世話係である奥役が、幕開きの前日に必要な仕込みはおそらく山のようにあるはずだ。申し訳ないことをしたと思いながらも、なぜか恐ろしさが胸を掠《かす》めた。

「あの、助かりました」

「御新造さん、おいらは何をしているのかと聞いているんです」

礼さえ言わせぬ剣幕に、志乃はびくりと肩を揺らして、気が付いた。恐ろしいのは顔が遠いからだ。六尺もの背丈がある善吉だが、普段は人懐っこく顔を近づけ、にっかり八重歯を見せてくるからその大きさを感じさせない。

今の善吉に、八重歯を拝めそうな気配はまったくない。

「ただでさえ惣ざらいで役者の方々は気が張っていらっしゃる。特にあのお二人のお心玉を揺らすような真似をして欲しくありません」

「あの二人？」

志乃が立ち上がりながら尋ねると、善吉の太い右眉がずいっと上がる。

「乙鳥屋と玉蟬屋です」

おいらは燕弥さんだけでなく仁左次さんの奥役でもありますから。

善吉の言葉で、志乃の胸に湧いていた恐ろしさは一気に干上がった。

二人の仲を語るにこれほどの適役はいまい。これだけ教えてもらえれば小屋を出るからと前置いて、志乃は寿太郎の時と同じように二人の仲を善吉に聞く。しかし、善吉は寿太郎の時とは違い、志乃が話し終えるまで待ってはくれなかった。

「御新造さんはそれを暴いてどうしようっていうんですか」

志乃の話を遮って、善吉は真っ直ぐに志乃の目を見る。

「……暴いてから考えます」

「抱きしめ合っておりましたよ」

善吉の言葉に志乃は目を見開いた。そんな志乃を見て何故だか善吉も目を見開いて、ふいっと志乃から視線を外し、

「口吸いをして、舞台下の奈落《ならく》に舞台道具の布団を持ち込んで、乳繰り合っておりやした」

志乃には返す言葉がなかった。ただぼんやりと、繰り合う乳などない癖にと思った。

すると、善吉が「御免なさい。意地悪を言いやした」と白状してくるから、志乃はもうわけがわからない。

「……なんなのですか」

たしかに芝居者にとって志乃の存在は迷惑だろうが、こうまで虚仮《こけ》にされるほどのことなのか。そしてその虚仮にしてきたのが、これまで志乃に色々と芝居話をしてくれた善吉であることが、志乃の目に怒りと悲しみが綯《な》い交ぜになった涙を浮かばせる。

「一体どうしてそんな嘘を」

「どうしてと聞きたいのはこちらです」

打ち返してきたその声が思いの外弱々しくて、志乃は思わず顔をあげた。太い首を

垂れてしょげ込んだ姿はまるで雨に降られた捨て犬のようで、志乃に上目を遣う目玉もなんだか雨粒が溜《た》まったかのように濡れている。

「どうしてそんなものを暴こうとするんです」

すん、と善吉は鼻を鳴らす。

「意地悪をしたのは、謝ります。女子を泣かせるなんておいらぁ、とっても悪い男だ。でも、あの人たちの間には誰であっても手を突っ込んで欲しくなかったんです。だって、あの二人、とっても素敵な間柄なんです」

素敵とはなんとも曖昧《あいまい》な言い方をする。志乃は胸のあたりがざらざらとした。恋仲なのか違うのか。そこをはっきりとしてもらいたいだけなのに、善吉の舌は油を塗られたように回り始める。

「凸《とつ》と凹《おう》がきっちりはまっておりやしてね、お互いの芸を高め合えると言いますか。いえ勿論、仁左次さんは名題で、燕弥さんは中二階。技量を比べちゃ雲泥万里《うんでいばんり》の差がありやすが、それでも二人は板の上で響き合っている」

だから、どっちでもいいじゃないですか、と善吉は訴えかけるように言う。

「好き合っていても、いなくても、別にどっちでもいいじゃないですか。あなたの旦那は役者として成長している。これ以上、役者の女房にとって喜ばしいことはないでしょう」

今ここで、役者の女房を出すのはずるいと思った。そして、志乃はふと気づく。

善吉は最初から志乃に色々と芝居のことを話して聞かせた。もしや善吉の腹の内には、志乃を燕弥に相応《ふさわ》しい役者の女房として仕立て上げようとする魂胆があったのだろうか。だが、善吉は奥役の手腕を発揮して、「御新造さんに芝居の話をしたのは、燕弥さんの手を煩わせたくなかったからです」と志乃が問うまでもなく、答えを口にした。

「これまで色んなご贔屓や役者を見てきたからですかね。御新造さんがいずれ芝居にのめり込んじまうことは見当がついておりやした。その際に燕弥さんにぎゃあぎゃあと芝居の話をねだって、燕弥さんの芝居の邪魔をしてほしくなかった」

だから善吉は先回りをして、志乃の頭の中にできるだけ芝居事を詰め込んだという。

「こいつは座元の入れ知恵だ」

座元とは、興行に給金に全ての差配を行なって、小屋一座の大所帯を切り回す大黒柱、との説明はすぐにぽんと頭に浮かび、ああ、これも詰め込んでくだすったおかげですね、と志乃は薄い笑みが口端に浮かぶのがわかった。

善吉はそんな志乃に気づかずに「芝居小屋の皆が、あの二人に期待をかけているんです」と声を大きくして訴えを続ける。

「金高の話じゃあないですよ。そりゃ二人がいい芝居をして興行が儲《もう》かりゃ、小屋の実入りも増えまさあ。だけど役者ってのはそれだけじゃない。あの人らは才がお好きだ。どんなに憎らしくとも辱めを受けようとも、圧倒的な才に膝を折られるのがお好きな人たちの集まりなんです。だから、芝居者は燕弥さんに一目置いている。芝居小屋の人たちはみな、芽を出したばかりの女形のお尻を押しているんです」

その尻押しをしていないのは、私だけだ。

その事実に行き着いて、志乃は膝から崩れ落ちそうになる。

だって、志乃は燕弥を女ではなく男として認じたいと思っている。燕弥の声が低くなったことに、歩幅が広くなったことに、志乃は間違いなく胸を躍らせた。

芝居に関わる者たちはそんな志乃の態度に気づいていたのだろう。だからこそ、頑《かたく》なに志乃のことを御新造さんと呼んだのだ。武家の女房の呼称を使うのは、志乃を役者の女房と認めていなかったから。

ああ、そうか、と志乃はようやく膝をつく。

芸に一等重きを置く世界では、才ある立役と女形の仲を割こうとする私こそが敵役。やはり仁左次が言ったように、女房が女形の足を引っ張っている。この世界に志乃の居場所など、はなからなかったのだ。

「でも」

埃を被った板の間に爪を立てている志乃の手を、柔らかく包む大きな手がある。

「でも、こんなこと、芝居者であるおいらが言うのは間違っているかもしれないんですが」

「……なんですか」

志乃が促すと、善吉は幾度も口籠り、

「おいら、御新造さんのせいで変わってしまった今の燕弥さんも好きなんです」

ようやく絞り出した声は泣きそうだった。

「燕弥さんはよく笑うようになりました。これまでの燕弥さんは、小屋の中ではいつも張りつめて、野犬のように始終牙を剝いておられやした。なのに、近頃は表情が柔らかくなった。小さなことでも口元を綻ばせて、性根も丸くなりました」

「それは良いことなのでは」

「燕弥さんとしては良いことです。役者としてはおしまいです」

志乃の前にしゃがみ込んでいた善吉は板にぺたりと座り込む。志乃の膝に縋り付くようにして「丸くなってしまったらおしまいなんです」と背中を丸める。

「圧倒的な才や圧倒的な美しさってのは、誰かを傷付けるものなんです。そいつで周りの人間に爪をかけて、引き摺り下ろさなければ、この世界では上り詰めることなんてできやせん。誰かを傷つけることができなくなっては、もう終《しま》いなんです」

善吉がどれだけ膝にかじりついてきても、志乃は口を開かない。

「最近の燕弥さんは、爪を立てる気概を失ってしまっている」

志乃はこの期に及んで、丸い燕弥さまでいいじゃないですか、と言ってしまいそうになる。

「ねえ、おいらは奥役として、どうすればいいんでしょう」

善吉は途方に暮れた顔をする。そんなの志乃に問われたって分からない。しかし、間違いなく、この奥役は燕弥のことを大事に思ってくれている。志乃は手を伸ばし、男の丸まっている背を撫でた。暫くしてから、善吉がぽつりと呟いた。

「今晩、お二人でお会いするそうですよ」

志乃は膝に覆い被さっている大きな背中を見下ろした。

「二人の逢引《あいびき》き場所。お教えいたしましょうか」

お富は舞台の大道具の周りをうろうろとしていた。志乃はお富の腕をひき、すぐさま芝居小屋を出た。

森田座のある木挽町から駕籠で半刻。堀と川に四方を囲まれた霊岸島《れいがんじま》の端にある一《いち》膳《ぜん》飯屋大角屋《おおすみ》の二階座敷を、仁左次は押さえているという。

「森田座正面の芝居茶屋なら顎一つで部屋を用意してもらえるってのに、駕籠まで使って随分離れた一膳飯屋の座敷を押さえてんだろ。この用心深さがもう答えみたいなもんじゃないか」

乗り込んで暴いてやりゃあいい、というのがお富の言で、

「邪推やわ。芝居茶屋には明日の幕開きのために上方や遠国から来たお客はんらが前乗り込みで泊まってはる。二人での舞台話が漏れ聞こえたら白けるさかい、わざわざ遠くの店を選んだだけだっせ」

そないに気にすることありまへん。己の家でどんと構えとったらええ、というのがお才の言だった。

「幕開きの前日の役者なんて、気が昂《たかぶ》っているに違いないさ」

「役者は体が資本でっせ。明日の初日を控えて体を痛めるような真似を、芯を張る役者がするとは思えまへん」

「此度の芝居は雪姫と直信の情が必要でしょ。夫婦の情を高めるためってんならおか

しかないわよ」

「あんさんはどうしてそんなに体を繫げたがるんやろねえ。頭の中にそれしかあらへんのやろか」

「なんなのその言い草。あたしはただ現場を押さえる以上のことはないって言ってるだけでしょ。お才の言うように舞台話に花を咲かせてるだけなら別にそれでいいんだから」

「疑ること自体が愚昧《ぐまい》やと言うとるんです。ただの悋気《りんき》で乗り込むなんぞ、誰かさんと同じような騒動を起こしかねまへん。明日の芝居に響いたらどない始末をつけるおつもりですか」

「へえ、いい度胸ね。このこんこんちき。売られた喧嘩《けんか》は買ってやろうじゃないの」

お富が袖をまくり上げたところで、志乃は己の家の畳の上で膝を前に滑らせた。二人の目がこちらを向く中、志乃は肚に力を入れる。

「私、今から乗り込んで参ります」

お才の薄い口が開くのが見えたが、志乃は先に声を出す。

「旦那さまと仁左次さんの仲をきちんとこの目で確かめたいんです」

お富がついてこようとしたけれど、志乃はきっぱり断った。珍しく、お富はそれ以上ごねることはなかった。

随分と日が落ちるのが早くなったものだ。

　志乃は駕籠を降りて夜空を見上げながら、大川で燕弥とともに蛇と蛙を逃した時のことを思い出す。月は弓張り、星は点々とまるであの日の蛍のようだった。蛍が燕弥の頬の黒子を照らし出していた様を志乃は今でもありありと思い描けるのに、蛍はもうどこにもいない。家に帰ったら、燕弥が購った松虫の音を聞こうと思った。

大角屋はそれほど大きい店ではなかったが、出てきた女将《おかみ》は丁寧に腰を折り、仁左次が押さえている部屋の横を空けろとの無茶な願いをきっちりと断ってきた。なるほど仁左次が逢引き場所に選ぶだけのことはあったが、お富の夫に加えて、お才の夫の名を出せば、通してもらえた。宿泊客への立退料も用意はしてきていたが、幸い左も右も空室だった。

掃除の行き届いている八畳間で静かに仁左次たちの到着を待つ、志乃の心は存外に凪いでいた。燕弥の白い足も仁左次の薄いがしっかりとした胴も目にしたことがあったからかもしれない。白い足が胴に絡みつく様子を頭に思い浮かべることができたし、燕弥の紅の塗られた口に仁左次の薄い唇が吸い付く様子も思い浮かべることができた。

目に焼き付けようと志乃は心に決めていた。

二人が舌を絡め、体を絡め、まぐわっているところをしっかりと。

目にすれば、志乃は納得できる気がしていた。慕い合っているならしようがないと諦《あきら》めることができる気がしていた。

みしみしと階段を上ってくる音が廊下に響き、志乃は歯を噛み締めて息を殺す。襖《ふすま》の閉まった音を確認してから隣の部屋と隔てる襖に耳を付けてみたが、二人して慎重でいるのか、盛《さか》った声は聞こえてこない。志乃は四半刻ほどじりじりと待ってから、店から借り受けていた店紋を白く染め抜いた前掛けを腰に巻き、盆を持って息を整えた。一旦廊下に出てから、隣の部屋の襖の前に立つ。頭の中で襖の開け閉めを練習しておく。襖を開けて、目を開き、失礼しましたと上擦ったような声を出して、襖を閉める。仲居が間違って入ったかのような仕草をすること。顔は見られぬように、盆で隠すこと。

部屋から声は聞こえてこない。口に手拭いでも入れているのか。えいと気合を入れて、志乃は襖を細く開いた。

そこには、男女のまぐわいなどなかった。

男女二人が少し距離を取って向かい合い、それぞれ一つの行灯《あんどん》を傍に置いて、手に持った書抜を行灯の光に寄せている。

吸いあっているはずの口からぼそぼそと溢《こぼ》れ落ちていくのは、芝居の台詞だ。

女が唇を動かせば、それを引き取るようにして次は男が唇を動かす。そうやって男女は台詞を回している。

窓から入った月の光が燕弥の裾と仁左次の襟元を暴こうとするが、どちらにも一切の乱れがなかった。月の光でさえも拒んで、燕弥と仁左次はお互いに指一本触れていない。

静かで、そして穏やかな空気が満ちるこの部屋には役者が二人、いるだけだ。

志乃は帰り道のことを覚えていない。

駕籠に乗った気もするし、歩きだった気もする。ただ足はどこかの泥溜りに突っ込んだようで、気づけば志乃の家の畳をお富と二人、濡らした手拭いで擦っていた。朝の光が障子を透いている。

「あんたのことが心配で朝一番に訪ねてみたら、この始末なんだもの」とお富は言った。お才も誘ったが芝居の初日だからと言われ断られたとぷんぷんしている。

「でも、よかったじゃない。あんたの旦那と仁左次の間にゃ何にもなかったんだろ。まあ、昨日がたまさか触れ合わない日だったってこともあり得るけどさ」

「いえ」と志乃は泥染みを擦り続けたまま、答える。

「あの方々は体を重ねる関係ではございません」

お富は眉間に皺を寄せた。

「そんなの、どうしてわかるのよ」

「私は二人を見ましたから」

二人の間に横たわるあの静謐《せいひつ》な空気を。

ギヤマンの器を被せたようなあの清潔な美しさを。

「あの雰囲気は一朝一夕では作ることができません」

「それじゃあ、もっと喜びなよ。二人は恋仲じゃあなかったんだからさ」

「私は二人の間にまぐわいがあった方がよかったんです」

お富が畳を擦る手を止めて、志乃を見る。

「体の関係であれば、私は納得ができたんです」

燕弥と仁左次を繋ぐものが恋慕であれば、志乃は諦めることも争うこともできた。

だが、志乃は芝居を通じて結びついているあの二人の関係を形容できないでいる。

あの二人を繋ぐものはなんだ。材も結び目も太さも、志乃には全くわからない。

「私はどんなに足掻いても、あの二人を繋ぐ何かの間に割り込むことができないんです」

志乃は仁左次の言葉を思い出していた。

言葉にできねえものこそが、いっち凄くて、いっち恐ろしいんですよ、御新造さん。

――虫籠の中の松虫は死んでいた。


森田座の菊月狂言『祇園祭礼信仰記』の初日は、思っていたよりも随分と人入りが少なかったらしい。出来は決して悪くはない。芝居好きたちの口端にうまく乗りさえすれば、今に客たちが押し寄せると芝居者同士で肩を叩き合ったとのことだったが、その芝居好きたちが口端に乗せるのは、堺町中村座の名だった。中村座人気が高まるにつれ、森田座の木戸札はどんどんと売れなくなっていく。皐月狂言に夏芝居とどちらも大入りだったからこそ、落胆も大きく、森田座内は荒《すさ》んだ空気が日に日に積もっているとと、善吉がしょげた様子で伝えてくれた。

燕弥は毎日家に帰ってくるが、志乃との会話は全くなかった。

夕餉《ゆうげ》の膳に箸《はし》をつけている間も、湯づけでさえ志乃に頼まない。己で席を立ち、鉄瓶のお湯を飯に注いでから、席に戻る。

耳打ちされているに違いない。

燕弥に向かい合い、漬物を齧《かじ》りながら志乃はそう思った。

私を嫁にしたから、女形としての魅力が目減りした。此度の菊月狂言の不入りはお前が嫁にうつつを抜かしたからだ。仁左次がそう言ったに違いない。

憎々しかった。どうしようもなく怒りが湧いた。

だから、志乃は、食事を終えて寝室に引っ込もうとする燕弥の後ろ姿に声をかけた。

「申し訳ございませんでした」

燕弥は足を止めたが、こちらを振り向かない。

「幕開きの前日、私が大角屋に忍び込んでお二人の部屋の襖を開けたこと、旦那さまはご存知なんでしょう」

あの日、志乃が襖を閉めようとした直前に、燕弥の目がこちらを向いた。すぐにふいと逸らされたが、たしかに志乃は燕弥の目に映る己の姿を見た。

「申し訳ございませんでした」

重ねてお詫《わ》びを口にしたが、志乃は決して頭を下げない。後ろを向いたままの燕弥の挙動に目を凝らす。ふと、自分は燕弥に謝ってもらうために謝ったのではないかとの考えが頭をよぎった。お前に黙って仁左次と二人で会って悪かったね、とそう言ってくれることを期待しているのかもしれないと思った。

燕弥は何も言葉を返さなかった。

そのまま居間を去っていった。

志乃はぽかんとして、その後ろ姿を眺める。

語らっていたのにか。仁左次とはあんなに流れるように、お互いの語尾を掬《すく》い上げるようにして語らっていたのにか。

台詞回しの確認を終えても二人は話を続けたに違いない。

燕弥の演じる雪姫と仁左次の演じる直信が視線を交わす、その寸の間の目線のやり取りについても二人は何かしらの算段をつけたはずだ。お互いが縋り付くように視線を絡めて、直信はそのまま処刑場まで引っ立てられて、雪姫は桜の大木に縛られる。

桜の花びらが降る中、雪姫は縛られたまま一人首を垂れている。夫は殺され、己は手込め。今更暴れたところで仕様がない。だが、最後にこのことだけは、夫に伝えねばならぬ。雪姫は面を上げ、体を捩る。さあ、早く。直信さまに大膳こそが我らの敵、と。

雪姫は無理やりに体を捻り上げ、右の素足をついと前に出す。桜色の着物の裾を割って現れた足裏が花びらの散る地面の上をゆっくりと這う。雪姫は爪先《つまさき》で一枚、また一枚と桜の花びらを並べていく。描き出されていくのは鼠だ。最後に親指と人差し指の間に花びらを挟み、鼠の目としてひらりと花びらを落とせば、途端、鼠は命を得て動き出す。足の甲に飛び乗り太ももを駆け上り、縛られている雪姫の縄を食い切った。真白の鼠が走っていく。

夕餉が残ったままの箱膳の下をくぐり、居間を通り抜け、廊下へ走っていく。揺れる尻尾を目で追いかけて、志乃は思った。

子だ。

子を作ろう。

その場で立ち上がる。夕餉の膳をそのままにして、志乃は廊下に飛び出した。

絵草紙屋で龍の絵を購っている最中に、志乃はどうしても我慢ができずに燕弥に芝居のあらすじの続きをねだった。

縄を解いた雪姫は、直信に敵の名を伝えるために舞台を退場。そこからは此下東吉の名乗りがあったり、大膳の部下が実は、加藤清正《かとうきよまさ》の名をもじった、加藤正清《まさきよ》であったとのばらしがあったりしてね、ついには大膳と睨み合いってな次第だが、まあ、いいさお前は知らなくて。どうしてです。芝居の大詰めなんですから気になるじゃありませんか。いいんだよ、お前はわたしの演じる雪姫のことだけ知っていればさ。その言葉がどれだけ志乃を幸せにしたのか、燕弥は分かっているのだろうか。

志乃は足音を立てながら、廊下を進む。

芝居の幕はすでに開き、興行の真っ最中だ。燕弥の体は雪姫に漬け込まれているのだろう。それなら追い出してやればいい。女が体に入り込んでいようとも、裸になればあれは男だ。

役者二人の絆《きずな》がなんだと言うのだ。あの二人が決して作れぬものを私は作れる。子ができれば、私は勝てる。

役者の女房ではなく、私は燕弥の女房になるのだ。

燕弥の部屋の襖を静かに開ける。志乃が敷いていた布団が膨らんでいる。志乃は迷いなく布団の裾をめくり上げ、隙間に足を勢いよく突き入れた。と、布団が跳ね上がる。上半身を起こした燕弥が、化け物にでも相対《あいたい》しているような目つきでこちらを見ている。

「どうしてこんなことをする」

まるで銀の匙《さじ》を耳の穴に突っ込まれたかのようだった。冷え冷えとしたその声に、志乃は一寸の内に我に返った。布団から飛び退いて、申し訳ございません、申し訳ございませんと只管《ひたすら》それればかりを繰り返し、額を畳に打ちつける。

「どうしてこんなことをしたのかと聞いているんだ」

答えずにいると額の横の畳をぱんと叩かれて、志乃は頭を下げたまま思い切り叫ぶ。

「あさましい悋気です！　旦那さまが仁左次さんと二人で会っていらっしゃるのを見て、私にややができれば何かが変わるのではないかと、そう」

言いながら、志乃は己の腹を片手で押す。ここにはお富ともお才とも比べようもないほど大きな蛇がとぐろを巻いている。

志乃は己の醜い心はすべて蛇に形容すれば、許されるような心持ちでいたけれど、ちがうのだ。蛇は悋気で人を焼き殺したのだ。

人を殺《あや》めた妖怪《ようかい》は成敗されなければいけないのだ。

「己のことを棚に上げて、結構な言い草だ」

志乃はほんの少しだけ顔を上げて、燕弥を見やった。志乃には棚に上げるような話なぞ何もない。すると、燕弥は冷たく言いやる。

「よくもそんな惚《とぼ》けたお顔ができるねえ。奥役と二人、蔵に入ってこそこそとしていたじゃないか」

善吉のことか！　燕弥に見られていたとは思いもしなかった。

「あれは違います！」と勢いに任せるべきではなかったと気づいたのは、燕弥の口端が嫌な角度に曲げられてからだった。

「へえ、何が違うってんだい」

燕弥は布団を蹴り飛ばす。布団の端でも引っ掛かったのか、行灯の光がゆらゆらと揺れている。

「あの部屋に二人して入る理由があったってことかい。そんなら、古衣裳や端切れになんの用があったか教えておくれな。……ああ、そうか。布切れを背に敷けば、寝転んだとて痛くないねえ。そうやって体を重ねたってわけだね」

行灯の光に照らされて、燕弥の喉仏が上下に動いているのが鮮明に見えている。

「武家の世界では妻女が姦通《かんつう》をすれば、妻敵討《めがたきう》ちで、旦那が一刀のもとに妻女を斬り殺しても許されるのではなかったか！」

大声が弾けて、沈黙がおりた。志乃は呆気にとられて、声も出ない。

だから、「違う、今のは違います」とか細い声を出しているのは、燕弥だった。

「今の言葉は違うんです。わたしはただ……そう。女子の友達がいなくなることが嫌だったんだわ。だから、あんなに怒ったの。志乃が浮気をしたから怒っただなんてそんなこと、あるはずがないものね」

燕弥は志乃に縋り付くようにして両肩を揺さぶっていたが、いつの間にか、その手はぽとりと落ちていた。

「いつから俺は変わっちまっていたんだろう」とぽとりと言う。

「今の夜這いだって、昔の俺なら面白がることができた。女子が夜這いをするときの体遣い、目線のやり方、足の絡め方。具《つぶさ》に観察して、学ぼうとすることができたはずだ。なぜ俺はそれをしなかった。女形への熱を失っているのか。俺は満たされてしまっているのか。満たされて、芸への欲深が消えてしまったのか」

ぷつぷつと沸騰した湯から上る泡のように独り言を唇に乗せている燕弥の声には、張りも艶《つや》もない。

「先日だってそうだ。俺が演じる雪姫は狩野一派の女絵師で、雪舟の孫だぞ。それを絵が下手くそだとお前に馬鹿にされた。これまでの俺なら怒っていた。なのに、俺はそんな相手と一緒に楽しく絵の描きあいっこだ」

布団の上に座り込み、緩んだ襟元からは寝る間も詰めている布の乳袋《ちぶくろ》が覗いている。

「許せてしまった」

宙を見ていた目が志乃を見る。

「お前のことが好きだから、許せてしまうんだ」

その目は絶望の色を湛《たた》えている。

「最初は女同士、友の如く思っているだけだと思っていた。ただ、お前と過ごすうちに俺は男の地金が出るようになった。気づいた時にはもう遅い。俺は男として、夫としてお前を好きだと思ってしまっていた」

いやだ、と子供のように立てた膝に顔を埋《うず》める。

「俺は女形でいたい」

嗚咽《おえつ》を上げる燕弥の横にいながら、志乃は決して燕弥に手を伸ばさなかった。

嬉しかった。

燕弥が苦しんでいるこの様が。

これほどまでに燕弥は志乃を愛してくれていた。

ならば、私はこれで十分だ。燕弥が苦しんでくれたという記憶を胸の内に抱いて、生きていける。

私は女形の女房としてつとめを果たそう。

志乃は夜が明けるまで、燕弥の隣で、燕弥の嗚咽に耳を傾けていた。

四、八重垣姫

手紙で呼び出された旅籠屋《はたご》は、昌平橋《しょうへいばし》を渡ったあたりで目星がついていた。旅籠がいくつも軒を連ねている神田《かんだ》旅籠町の中でも、門構えが一番大きく、屋根には瓦《かわら》の葺《ふ》かれている旅籠の前で足を止めれば、大当たり。柏《かしわ》屋と墨書きされた看板が掛かっている。

志乃は店を前にして、胸に手をあて息を整える。

貧乏下士《かし》のくせに、こうしてわざわざ高直《こうじき》な宿を選ぶから内職に手を出す羽目になる。どうせ娘の夫から婚姻の際に貰《もら》った持参金も、河原者のあぶく銭だと吝《けち》をつけておきながら、早々に使い切ってしまったに違いない。

だが、これまでの志乃であれば、見栄《みえ》を張った宿選びにも河原者への蔑《さげす》みにも、なんの疑問も抱いていなかったことだろう。

すべてが父親のやることだからだ。

父親である忠信《ただのぶ》は、幼い志乃を目の前に座らせて毎日『女大学《おんなだいがく》』を諳《そら》んじさせた。貝原益軒《かいばらえきけん》なる先生が女子《おなご》の教育を説いたものを元にして、女たるもの、これこれせよ、これこれするな、が書かれた書物で、忠信はこれを盲信した。

夫女子《それにょし》は、成長して他人の家へ行《ゆき》、舅《しゅうと》・姑《しゅうとめ》に仕《つか》ゆるものなれば、男子《なんし》よりも親の教え緩《ゆる》がせにすべからず、なんて始まるものだから、忠信は張り切って志乃を躾《しつ》けた。

志乃がおいたをすると「恥辱を世間に晒《さら》すつもりか」と『女大学』の一節をもじった父親の声が飛んできて、決まって張り手がついてくる。

母親はなにも言わず、ただ父親の後ろにちょんと座っている。

幼い頃からそのように躾けられてきたからか、旅籠の敷居をまたごうとすると張れてもいない頰がひりついた。

そんな及び腰でどうするの、志乃！

両手で思い切り頰を張る。

普段つけている玉簪《たまかんざし》は銀の平打に替え、小袖《こそで》は地味な煤竹《すすたけ》色を選んでしまった。白粉《おしろい》もはけない己の弱さが情けなかったが、紅だけは、以前燕弥が選んでくれたものを唇の上にも下にもたっぷりとつけてやった。

目の前のこの店の中で父親が待っていると思うと体がすくんだが、志乃は紅を拭《ぬぐ》わない。

志乃は今日父親と刀を交えにきたのだ。

突然志乃のもとに実家からの文が届いたのは、九月も終わりのことだった。

近々江戸に行くから都合をつけなさい、と志乃への命は一文で終わり、その後ろには長々と、今回仰せつかった江戸行きのお役目がいかに藩にとって重要であるかが書かれてあった。

しかし、よくよく読んでみれば、藩の上士《じょうし》の荷物役に駆り出されただけのようで、仕事ついでに江戸見物に繰り出す上司の留守番役でもあるのだろう。それなら父親以上に適役はいまい。武士たるもの、と主人に忠を尽くす忠信は、部屋から出るなと命じられれば、まつ毛の一本たりとも部屋から出さない。

父と母のふた親と、兄、姉はともに出羽暮らし、志乃も燕弥に嫁ぐ前は親元で武家の一家として暮らしていた。父親は志乃を含めて家族全員に武士の作法を叩《たた》き込んだが、父親の身分は藩の中でもかろうじて士分のある下士。今思えば、父親の厳しい家法は周りから、子供が背伸びをしているようにでも見られていたのかもしれない。

後で聞いた話だと、志乃の婚姻に際しても、父親お得意の武士たるものが顔を出し、藩へ届出を出したというが、上に申告するほどのことじゃないと突き返されたのだという。志乃の実家である堀田家は、武士ではあるがそれほどの身分ということだ。

ただ、尋常であれば許されない武家の娘と河原者の婚姻が、その身分のおかげで御《お》目《め》溢《こぼ》しされたわけだから、ここは素直に父親に向かって手を合わせておくべきかもしれない。

何はともあれ、志乃は父親からの文の通りに都合をつけたが、胸はしきりに早鐘を打っている。あの厳格な父親がお役目の間に無理やり時間を作って志乃に会うのだ。それが、一人江戸に嫁いだ娘を慮《おもんぱか》って来たのではないことは、早々に察しがついていた。

下駄《げた》を脱いだら向きを変え、踵《かかと》を後ろにして揃えておくのは、敵に襲われた際にすぐに表に出られるように。

仲居に案内されるまま廊下を、右手右足、左手左足揃えて歩く。これは南蛮《なんばん》、古来の武士の歩き方。

部屋に入るときには襖《ふすま》の敷居際で一度坐して礼をする。密《ひそ》かに扇子を敷居の溝に入れておくと、部屋の真ん中で胡座《あぐら》を組んでいる男が満足そうに頷《うなず》くのが見えた。

扇子は襖を左右から閉められて体を挟まれるのを防ぐためのもので、畳の縁《へり》を避けて座るのは、床下に潜んでいるやもしれぬ敵方に、居所や動きを察知されないようにするためだ。畳の縁に家紋を入れる家もあるのだと、目の前に座るお人は、縁にぽとりとお手玉を落とした志乃の背中を竹刀で打《ぶ》ち叩き、教え込んだ。

「ご無沙汰《ぶさた》しております。父上様」

志乃が深く辞儀をしても、志乃の父親、堀田忠信は膳《ぜん》につける箸《はし》を止めない。骨の浮き出た痩身《そうしん》はひょろりとした背高で、しかしながらよく食べる。

ここでも見栄を張ったのか志乃の前にも膳は用意されてあったが、箸をつければ頬に手が飛んでくることを志乃はよく知っている。

〝女子《にょし》は稚《いとけな》き時より男女《おとこおんな》の別《わかち》を正しくして〟男と女が並んで食事の席につくことなど〝みだりがましき所業〟であるのだ。

「嫁いでいく月が経った？」

久方ぶりに会う娘の挨拶《あいさつ》など耳に入れる値《あたい》もないのか、一方的に志乃に尋ねる。地の声が高いのを隠して低く唸《うな》るように喋《しゃべ》る人だった。

「半年と一ト月ほどでございます」

「子は？」

やはりそれが、と志乃は思った。

そうくることは見越していた。だから志乃は顔を上げて、きっぱりと言う。

「産みませぬ」

「……今、なんと申した」

声が甲高くなったのは怒りからに違いない。しかし、志乃は父親の落ち窪《くぼ》んだ眼から目を逸《そ》らさない。

「志乃は子を産みませぬ」

忠信はゆっくりとした仕草で膳を横に滑らせた。傍に置いている長刀に当たってかしりと音が出たのは、わざとか、はたまた偶然か。

「お前が嫁《か》する際、わしはお前になんと言い置いた」

言われて志乃は己の頭の中の抽斗《ひきだし》を開く。いつの間にこんなに溜《た》まっていたのやら芝居事が多すぎて、父親の言い置きが埃《ほこり》を被《かぶ》って下敷きになっているのが何とも嬉《うれ》しい。志乃はそれを引っ張り出して、舌に乗せる。

「女の腹は借り腹。家を存続させるため、神仏に借り受けているに過ぎぬもの。女は子をなしてこそ人であり、子をなさぬ女は必要なしと」

忠信は、そうだ、と頷く。

「分かっておるならば、なぜ産まぬ」

ここで志乃は少し迷った。

己が子を宿さぬ体であったといえば、おそらく父親は散々志乃を詰《なじ》るだろうが、それで終《しま》いだ。むしろそんな女を女房としておいておく燕弥に感謝すらするかもしれない。

しかし、志乃はどうしても燕弥と体を重ねたと嘘をつくことはできなかった。

「旦那《だんな》さまは女形《おんながた》ですから。平生も女として生きておられます。飯も小口で食《は》み、水も唇を落とすように飲む。旦那さまは志乃の体を求めてこられませんので、子は永久《とわ》にできませぬ」

女としての生き方を貫く燕弥を嘘で汚したくはなかった。

そしてこれは、女形の女房としての矜持《きょうじ》でもある。志乃は正面から忠信を見据える。

「武家の娘として、父上様に育てていただいたことは心《しん》より感謝をしております。なれど、志乃はすでに嫁しました。〝夫を主人と思い、敬い慎みて事《つか》うべし。都《すべ》て婦人の道は、和らぎ従う〟とあっては、その習い通りに動くまで」

『女大学』の一節を諳んじてやると、父親の顔が分かりやすく歪《ゆが》む。

「志乃は役者の女房として立派に勤め上げる所存にござります。さすれば、この愚昧《ぐまい》な娘のことはどうぞお捨ておきくださいませ」

国元に思い出がないわけではない。家には感謝もしている。武家の娘として作法をしこたま叩き込まれたから、志乃はこうして役者の女房となれた。

だからもう、志乃のことはどこぞで行き倒れたとでも思ってくれて良いのだ。

「ならば、離縁せよ」

「は？」

親に対する応《こた》えではなかったが、忠信は咎《とが》めることなくもう一度言った。

「離縁して、出羽に戻れ」

その選択がこの父親にあるとは思わなかった。

「一度嫁した娘が出戻ってくるなぞ、堀田の家の大恥ではございませんか。恥辱を世間に晒すことになります」

家の名に泥の水滴一つ飛ぶことも許さぬはずの父親が「よい」と一言で打ち捨てるなど志乃は想像だにしなかった。

「やはり河原者には一家の主人は務まらぬのだ。そんな男の許《もと》にいて、女を無駄にしてはならん」

ああ、そうだった。この人は、女を家を繋《つな》いでいくための道具だと思っていたのだ。唇を噛《か》むと、歯に紅がつく。忠信はおぞましいものを見るかのように、志乃の紅のついた歯を見下ろしている。

「志乃の主人は今は燕弥さまでございます。主人の意に沿うことこそ女房の務めではないのですか」

「ならば、わしがお前の亭主に説明をして、三行半《みくだりはん》を書かせよう」

「ですが」

「くどい！」

忠信は傍の長刀を鞘《さや》ごと引っ摑《つか》むやいなや、膳の脚を横殴りにする。料理が吹っ飛ばされるのが見えた瞬間、志乃の頰に焼けつくような痛みが走った。震える手で辿《たど》ってみれば、指先に真っ赤な血がついている。割れた皿にでも当たったのだろう、頰を横切るようにして一本傷が引かれていた。頰の痛みは幼い時分に叩かれた記憶を思い起こさせ、志乃は思わず体を縮こめた。はっはっと息だけが荒く、畳に落ちていく。

十日後に亭主を連れてこいと娘の耳に言葉を捻《ね》じ込み、忠信は部屋から志乃を叩き出した。

出羽の志乃であれば多分、父親の恐ろしさに布団をかぶって泣いたのだろう。子供の時と同じ様に叩かれた頰に両手を添えて、ひたすら痛みが治るのを待っていた。

しかし、江戸のお志乃さんはそうはいかないってものよ。

志乃は、旅籠屋の門を潜りながら、親指で頰の傷をぴっと撫《な》で上げた。

そちらが武士でくるなら、いいじゃない。

こちらは芝居であらがうまで。

昌平坂の上で旅籠屋を振り返って睨《にら》みつけ、一声、こんと鳴いてやった。

志乃は一軒の家屋を前にして、何度も目を瞬《しばた》いた。

同じ芝居町に居を構えていても、名題《なだい》役者と大部屋上がりの女形ではこれほどまでに違うものか。

門に近づけばすぐに女中が中から現れて、丁寧に応対をする。奥へと案内される間にちらと目をやった台所では、下男が大勢で煮炊きをしていた。志乃の家にもお民という名の通いの婆《ばば》が一人いたが、時姫の芝居が終《は》ねてすぐ、用済みとばかりに燕弥に解雇されていた。

左右に部屋が連なる廊下を進み、奥部屋の前で女中は静かに膝《ひざ》を折った。「お内儀《かみ》はん、お連れしました」との声で襖を開ける。豪奢《ごうしゃ》な部屋の真ん中で、お才は菊花を花器に挿していた。青竹色の綸子《りんず》の衣《きぬ》擦《ず》れと茎を鋏《はさみ》でたち切る音が、しゃっきりとした空気をつくっている。茶屋の三人組の内、一人いないだけでとんだ変わりよう、と少し頬が緩んだが、笑みをほころばせている場合ではない。

「今日はお家を貸していただき誠にありがとうございます」

志乃はきっちりと膝を揃えて、頭を畳に近づける。

「礼なんてええんどす。わてが貸したわけやありまへんからな」

えっ、と顔を上げると、お才が花器から目を外して、ちらと横目でこちらを見る。

「理右衛門はんが貸してやれ、言うんで貸しただけどっせ」

それはどうして、と問いかけようとしたところで、昼八つの鐘が鳴り、志乃の顔は一寸の内に強張《こわば》った。

「あと一刻《いっとき》ほどでおいでになるんやろ。あんたのお父はん」

「ええ、時間には厳しい人なので、定刻通りに訪《おとな》いがあるかと」

あらがう策はすでに志乃の頭の中に組み上がっていたが、時間がかかったのは決戦場の選定だった。どたばたと体を動かすことになるので、料理屋では迷惑がかかるし、他の客に知られてまたぞろ読売に書かれるのは御免蒙《こうむ》る。己の家は、はなから勘定には入っていない。父親と会った旅籠屋なら金子《きんす》を払えば都合をつけてくれる気もしたが、志乃の考えた策には条件が一つあった。

「でも、最初にあんたから話を聞いたときは、なんてえ厚かましいお人やと思いましたで。家を貸す上に役者を一人用意してくれやなんて」

「本当にもう、とんでもなくありがたい限りで……」

お富に話せば事が大きくなる気がして、伝えていない。駄目で元々、お才に話を持ってきてみたものの、お才ももちろん渋い顔をする。すごすご帰り、万事休すと頭を抱えていたら、次の日、家の格子戸を叩いて小僧が「お内儀はんが話を聞いてやってもええ言うとります」と甲高い声を出した。

「このお礼はどんな形でもいつかお返しいたします」

「そら、おおきに」

お才がもったいぶって頭を下げた時、隣の部屋から子供の泣き声がした。立ち上がったお才が部屋を出て、戻ってきたその腕にはぐずる赤子が抱えられている。

「あんたのお父はんはお武家様なんでっしゃろ。ただでさえ、芝居はお上から睨まれとるんや。万が一、こんなところで咎がついたらあきまへんからな。此度《こたび》は理右衛門はんが芯《しん》をはる幕もあるさかい、なんとしてもあんたの策を通してもらわなあかんのです」

そうか、と志乃は腹落ちがした。だから、理右衛門さんは私に家を貸したのだ。

お才は「食いしん坊さんやな。さっきあれだけ飲んだのに」と赤子に囁《ささや》いて、乳を口に含ませている。

子を見ると、志乃は少しだけ胸がいたい。

志乃の夜這《よば》いから、燕弥とは表だけで取り繕うようにして生活をしている。志乃は極力燕弥に話しかけず、燕弥もまた返事をしない。目を逸らす燕弥に志乃は無理に合わせにいかない。それで燕弥が芝居に集中ができるなら、その方がいい。

燕弥が雪姫を演じた『祇園祭礼信仰記』は不入りが続いたため、座元の判断で早々に幕を下ろした。そして、新たに芝居を立てるのだという。

江戸三座では十一月を一年の初めとして、顔見世芝居を興行する。これから一年、我らが座ではご覧の役者の顔触れで回しますので、どうぞご贔屓《ひいき》にご贔屓にぃとの意味合いを持つ。

顔見世芝居の一ト月前に突如幕を上げることになった、この神無月《かんなづき》狂言こそが、燕弥にとっての勝負所。この一年間は、ところてんで逝った立女形《たておやま》の穴を埋めたに過ぎないわけで、この座組で燕弥が食い込めるかが肝要だ。

だからこそ、父親との諍《いさか》いなんかを燕弥に知られるわけにはいかなかった。

「それにしても、あんたのお父はんの魂胆は胸糞《むなくそ》悪いねえ」

子供を抱いているせいだろうか。お才は志乃の父親の仕打ちにご立腹のようで、眉《み》間《けん》に皺《しわ》を寄せている。

「あんたの嫁入りで金子が懐に入るのに味を占めたんとちゃいますか。せやからこうして、子がでけへんことにかこつけて、家に戻そうとしはる」

たしかに志乃を嫁にするため、燕弥は支度金を払った。貧乏下士の家が潤ったこと

には間違いがない。だが、

「違います」と志乃は首を振る。

志乃はあの家で育ってきたからこそ、そう断言ができるのだ。

「父上様には金子より大事にしているものがありますから」

そして、それは燕弥とも少し似ていると志乃は心のどこかで思っている。

「だからこそ、そこを突いたら、あの人は弱い」


お侍様のご登場ぉと小僧が芝居者らしい節回しで伝えにきたのは、やはり定刻通りの昼七つのことだった。

豪奢な家屋が用意され、横につく女中や下男たちはお才の日頃の躾の甲斐《かい》あって、行儀が良い。武家に対する礼が尽くされているとでも考えたのだろう。いつもより物々しい足音が廊下を渡って近づいてくるのを、志乃は静かに待った。

ご機嫌が宜《よろ》しそうでそれはなにより。今は舞い上がるだけ舞い上がってくださいまし。高ければその分落っこちた時の尻餅《しりもち》は痛いものでございます。

襖を開けて入ってくる父親を、志乃は平伏して出迎える。志乃の斜め後ろでお才が一緒になって頭を下げているのは、自ら女中役に名乗りを上げたからだった。普段はつんとすましているが、芝居は見るのも、そして演《や》るのもお好きらしい。

忠信は床の間を背負って正座をした。お才が手を打ち鳴らすと、酒肴《しゅこう》の膳を高く捧《ささ》げ持った女中たちが入ってきて、忠信の前に料理を並べていくが、忠信は手をつけようとしない。

「こうして足を運んでやったというに、お前の主人はおらんのか」

あら、これはさすがのお侍様、と志乃は目の前の父親を見据える。

私がここにあなた様と刺し違える覚悟で坐《ざ》していることを、どこかで勘付いていらっしゃる。

「主人はこの場には呼んでおりません」

忠信は志乃の顔を見、これでもかと眉根《まゆね》を寄せた。

「もう一度、父上様に私のお話を聞いていただきたく、お呼び立てをした次第でございます」

白粉をはき、口紅を塗り、目頭に雲母《きら》まで引いた顔を真正面から忠信に向ける。

「先日も申し上げましたように、志乃は出羽に帰ることはいたしません。志乃は主人と過ごすことで変わってしまいました。もう堀田の家の娘を名乗ることは許されないのです」

忠信は目を細めて志乃の顔をとっくりと眺め、「つまらん」と吐き捨てた。

「お前が変わったというのは、そのおぞましい白の漆喰《しっくい》顔か、そのお上のお触れに反する下品な着物か、その金《かね》の棒が挿さった鬱陶《うっとう》しい頭か。それで変わったなぞとつまらぬことを申すな。お前は何も変わってなどおらぬ」

「外の皮だけでご判断召されますな。一枚めくった中身が大切。私は主人と過ごすことで知ってしまったのです」

己の腹の中に住むものを。

志乃の言葉に、忠信の鼻面に皺が寄る。

「どこぞで頭でも打ちおったか」

「志乃は武家の女として飼ってはならぬものを腹の中に抱えておりました。それを知れたのは、芝居のおかげ。なにせお江戸のお芝居は、武家を芯に据えているものが多くある。それに、武家のお姫様《ひいさま》を間近で見、お世話をする機会がありました故」

志乃の後ろでお才が柄杓《ひしゃく》を引っ掛けて、茶釜がかん、と高い音を立てた。

「此度、森田座が顔見世前のお名残で仕掛ける芝居も、二十四孝《にじゅうしこう》を下地においたものでございます。二十四孝、ご存じないことはありますまい」

唐土《もろこし》の孝行に優れたお人を二十四人取り上げて、その逸話を収めた教訓書である。

寺子屋でも幼子に学ばせるこれは、垂らした餌だ。

「もちろん知っている」と忠と孝が好物なこのお侍様は早々に食いついて、志乃は

「それはようございました」と笑みを浮かべる。

「それなら、とんと早く話ができます。この『本朝《ほんちょう》廿四孝《にじゅうしこう》』、場面は上杉謙信《うえすぎけんしん》のお屋敷まで飛びましょう。屋敷では一人お姫様が嘆いております。名前は八重垣《やえがき》。絵師に描かせた絵姿に縋《すが》り、十種を混ぜた香を焚《た》いて、畳の上に泣き伏す毎日。ああ、どうして腹を切ってしまわれた。私の愛《いと》しい勝頼《かつより》様。お会いしたことはないけれど、そのお姿、この目に入れてみたかった」

またぞろお才が茶釜をカカン、と叩く。

カン。カカカカカカカカカ……。

カカン。

八重垣姫と武田《たけだ》勝頼は許嫁《いいなずけ》。しかし、二人は上杉の娘に武田の息子。ときは戦国、越後の龍《りゅう》と甲斐《かい》の虎でいがみ合っている時代のお話でございます。さて、嘆いている八重垣姫でありますが、ここにひょっこり蓑作《みのさく》とかいう若い男が現れます。仕事は花作り。丁寧に屋敷の庭を整えております。そのお顔を見た八重垣姫はあっと声をあげました。そのお顔は絵姿の中のものと全く同じ。ああ、勝頼様。よもや生きておられ

たなんて。抱きつこうとする八重垣姫に蓑作はぶんぶんと首を横に振る。およしになってくださいませ。とんだ人違いでござりますれば。しかし、八重垣姫は人違いでも良いのです。絵姿と同じ姿がそこにあれば、同じように恋慕う。

「さすが河原者が作るだけのことはあるな」と嘲《あざけ》り混じりの父親の横槍に、志乃は素直に口を止めてやった。

「同じ顔であればなんでもいいなぞと武家の姫をなんとも無礼な書き方をする。はしたないにも程がある」

これには志乃も少し笑ってしまった。

「はしたないものは皆好きですから」

己も燕弥に食って掛かったことを思い出す。親娘《おやこ》で気に掛かる点は同じらしい。

「でも、こんなもので腹をたてなさってはいけませんわ。父上様。だって八重垣姫は止まらない。屋敷に仕えている腰元の濡衣《ぬれぎぬ》が蓑作の知り合いと分かって、八重垣姫は蓑作との取り持ちを頼み込む。一旦《いったん》お待ちをと止められますが、待てと言われて待てる女がどこにおりましょう」

カカン。

のちとは言わず、今ここで。八重垣姫の頼みに、濡衣はふむと考え込んだ。取り持って差し上げましょう、いえ、お喜びになるのはまだ早い。代わりにご用意いただきたいものがございます。ここでちらっと種明かし。実は蓑作は八重垣姫の推量通り、武田勝頼にございます。勝頼は敵方の上杉の屋敷に花作りとして長きに渡って入り込み、敵方の懐を探っているのです。腹を切ったのは勝頼の紛《まが》い物。ただこの紛い物と恋仲にあったのが濡衣でございました。勝頼とともに屋敷に忍び込んでおりまして、取り引きを持ちかけるのも武田側についている故。濡衣は八重垣姫に兜《かぶと》を望みます。さて、この兜の正体、父上様ならわかるのではございませんか。

「兜……。諏《す》訪法性《わほっしょう》の御兜のことか」

ふむ、と手まで顎《あご》に添えながら、答えを出した忠信に志乃は心の内でほくそ笑む。芝居を蔑む忠信もこの演目であれば夢中になることは、志乃も当たりをつけていた。

「さすが父上様でございます。武田のことには造詣《ぞうけい》が深くていらっしゃる」

忠信が仕えているのは米沢藩《よねざわ》でも、武田信玄《しんげん》の七男、信清《のぶきよ》を主君とした米沢武田家。主君一族の武勇を忠信はことあるごとに家族に言って聞かせ、最後には声を潜めてこう締め括《くく》る。わしら一家には武田の血が流れているのだ、その血に恥じない生き方をせよ、と。実家にいた頃の志乃は身の引き締まる思いだったが、今の志乃には半信半疑だ。おそらく主君への忠が度を過ぎたがゆえの思い込みだろうが、ここでは、父親が盲信していることが勘所だ。これが此度志乃が拵《こしら》えた策の肝心要《かなめ》になってくる。

「濡衣が求めたものは、武田のお館《やかた》様の兜。いわば武田の守り神でございます。それを上杉に貸したはいいが、あろうことか上杉は今日まで返さないでいる。濡衣はそれを返してくれたなら、蓑作との仲を取り持ってやろうとそう持ちかけてきたのです」

八重垣姫は途方に暮れます。兜をあの父親が素直に渡してくれるはずがない。恋焦がれる蓑作も勝頼ではないと言い張って、已の体を押し除《の》けた。悲しい、辛《つら》い、死んでしまおう。懐刀を胸に当てる八重垣姫を濡衣が慌てて止めに入ります。そうまで勝頼様を思っていらっしゃるなら、ここに白状いたしましょう。蓑作は勝頼であるとの濡衣の言葉に、八重垣姫は飛び上がって喜びます。蓑作も勝頼であることを認めて、ようやっと二人はご対面と相なるのです。

「一体こいつはなんの話だ」と呆《あき》れ返ったような父親の声に、志乃はぎくりとする。

「かような男と女の顚末《てんまつ》を聞かせるために、お前はここにわしを呼んだのか」

しくじった。一気に志乃の背に汗が噴き出す。

八重垣姫と蓑作の対面は女子供に人気の場面で志乃も少々言葉を尽くしてしまったが、父親には虱《しらみ》の毛ほども響かなかったらしい。

「わしには藩から承った大事なお役目があると、そう文に書きはしなかったか？」

つまらぬことで時間をとったとばかりに腰を上げようとする忠信に「そうです、お役目です！」と慌てて追い縋る。

「呼び出された勝頼は、敵方の上杉謙信から大事なお役目を受けるのです」

ほう、と忠信は一寸動きを止めた。

「して、そのお役目は」

「塩尻《しおじり》に文を持っていけというもの」

「勝頼殿は敵の総大将に信頼されたということか」興味がひかれたような忠信を志乃は、もう一度芝居話に引き摺《ず》り込む。

「いえ、信頼なぞされてはおりません。謙信は蓑作が勝頼であることを知っております」

「なに？」

「謙信は蓑作を追いかけて殺してこい、と傍にいる武者に命ずるのです」

カカン。

この命を聞いた八重垣姫。なんということを、父上様！　叫んだあとは、甘えた声で縋ります。どうか殺さないでくださいまし。勝頼様を御救いになって。だが、謙信がそんな望みを叶《かな》えるはずもない。勝頼の後を追おうと踵《きびす》を返した娘の腕をむんずと捕まえる。もう片方でむんずとするのは、濡衣でございます。さすが越後の龍はこの女を怪しいものとはなから疑ってかかっておりました。謙信が二人の女を押さえつけ、ここで一旦幕引きでございます。

「いかがです」

志乃は、お才が部屋を出ていくのを目の端で捉《とら》えつつ、忠信に話しかける。

「父上様にとっては興に入るお話ではございませんか。なにせ私たちは武田家の血を継いでおりますれば」

「だからこそだ。我らが題の一つとして扱われていることに反吐《へど》が出る。大人しく聞いてやったが、真《まこと》を絡めて嘘事を固めているだけのちんけな話。お前はこんなものから何を気づかされたというのだ」

どうやら忠信は白けてしまったようだが、もう遅い。ここまで付き合ってしまった時点で、その身はまな板の上に乗っている。

「確かに作り事のように思えます。芝居は大詰め、八重垣姫は湖の上を渡るんですから」

勝頼の行き先は、諏訪《すわ》の塩尻。諏訪湖と呼ばれる湖の対岸にございます。塩尻にたどり着くには諏訪湖をぐるっと回らねばならぬことを、地の利がある追っ手は知っている。そこで勝頼を待ち伏せるらしい。屋敷に閉じ込められた八重垣姫は、なんとか先回りをして勝頼に伝えたい。早くここを出なければ。勝頼様が塩尻につく前にお止めするのだ。ならば、どうやって先回りをする？　船を使えば早いはず。ああ、駄目。今は冬で湖は凍っている。それなら空はどうだろう。もしも私が鳥であったなら、あの人に伝えられるのに。

志乃はほうっと息を吐いてから、思わず口に手をやった。ここはどうも気持ちが入っていけない。

檜《ひのき》舞台の真ん中で、八重垣姫は舞いながら宙に手を伸ばす。

カカン。

エェ、翅《はね》が欲しい。羽が欲しい。飛んで行きたい。知らせたい。

「荒唐だ」と鼻で笑われ、志乃は一瞬たくらみ事もそっちのけでむうっとなった。

「祈ったところで羽が生えるわけでなし。所詮《しょせん》芝居の中の女のすることよ。それに、湖の上をわたろうと考えるなぞ不届きだ」

「不届きですか、それは何故」

「そんなことも知らぬのか。諏訪湖は御神《おみ》渡りがある湖だ。湖が凍ると山脈の如く氷が盛り上がり、氷の道が出来上がる。これを人や馬が通ろうとすれば割れて落ちる。人馬の前に神の使いが渡らねばならないのだ」

そら来た。ここが胸突き八丁、正念場。志乃は畳を膝で擦って前に出る。

「おっしゃる通り。だから神の使いがお姫様につくのです」

「何？」

そのとき、襖がすぱんと勢いよく開けられた。まるで矢を射たような鋭い音に、忠信は畳の上に置いていた刀を素早く手元に引き寄せる。周りが呆れるほどに武道を重んじるこの父親の腕は知っている。志乃のこめかみを汗がつたう。みさかいなく刀を振り回すのは武士の恥であると聞いているが、万が一があれば、とんでもない事態になる。父親に飛びついて止めたい気持ちが湧き上がったが、志乃は必死に膝を畳に押さえつける。忠信は立膝をつき、左に刀を抱える格好だ。今にも刀を抜きかねない。

緊張の走るその場に、
こーん。

甲高い鳴き声が響き渡った。

「へぇ」なんて父親の素っ頓狂《とんきょう》な声は初めて耳にした。刀も手から滑り落ち、畳の上へ転がっている。

だが、そんな声などすぐさま右耳から左耳へとすんなり抜けて、志乃はただ、美しい足運びで畳を進み、志乃の隣にすとんと収まった役者の姿にぽかりと口を開ける。

髪を結い上げ、白粉は耳の裏まで、笹色紅《ささいろべに》をひき、びらびら簪から垂れた捻《ねじ》り紐《ひも》には銀細工の燕が揺れる。

燕弥は己の嫁の父親を前にしても、至極美しい女であった。

何も言えぬ志乃をちらりとも見ず、燕弥は忠信に向かって膝を揃える。そして、当然の如くに志乃の芝居話を引き取った。

「奥庭に飾っていた諏訪法性の兜を手に取って、八重垣姫は祈ります。ふらふらと池に掛かった橋を渡り、水面《みなも》に視線を落とせば、映るは白い獣の面。あれ面妖《めんよう》な、と叫んで、八重垣姫は目を擦《こす》る。兜の毛皮が顔に被って獣に見えたに違いない。しかし、兜は八重垣姫の手を離れ、宙に浮かぶ。周りに小さな火の玉が浮いている。八重垣姫の着物は一寸のうちに真白にかわり、八重垣姫は狂ったように踊り始める」

こん、と一際大きく鳴いて、

「狐憑《つ》きです」

燕弥はきゅうと目を細め、

「狐が憑いて、八重垣姫は湖をわたるのです」

あの一皮目がこれほど鋭くなるものかと志乃が驚いている間に、忠信はようやく我に返ったようだ。

「狐憑きがなんだというのだ！　そんな児戯に付き合っておられぬわ！」

吐き捨て「それよりも」と燃えるような目で燕弥を睨みつける。

「それよりもそんな格好をして、よくもわしの目の前に現れることができたものだな」

額に青筋を立てる忠信は、刀を床に捨て置いたままだった。これで切られることはないとほっとはしたが、あの父親が刀を手放していることが志乃にはどこか不思議に思えた。

「平生も女の格好をしているとは、思いもせなんだ。志乃に子ができぬのもこれではしょうがない。女に生まれ、女として扱ってもらえぬ己《おの》が女房の心持ちを考えてみたことがあるのか。志乃が哀れだとは思わなんだか」

甲高い地声で言い募り、燕弥との距離をじりじりと詰めていく。

「お前なぞに志乃を嫁がせるべきではなかった！」

忠信の両手が燕弥の襟元にかからんとしたとき、

「ときに！」

燕弥の声が忠信の耳元で破裂し、忠信は尻尾《しっぽ》を踏まれた猫のように飛び退いた。

「ときにお侍様のお名前はなんとおっしゃいましたかしら」

「む。堀田忠信」

思いもかけない問いかけに口から言葉がまろび出たのだろう。告げてから、忠信はしまったとばかりに口元に手をやる。

「そうでしたそうでした。何度聞いても、とっても良いお名前でいらっしゃる」

にこりと笑みを浮かべると、燕弥の方から忠信に膝を滑らせる。

「ついでに問いをもう一つ。おとらと言う名に聞き覚えは？」

口端がひくりと動いたのを隠すようにして、忠信は口をくわと開ける。

「知らん！」

「お侍様、そんな嘘をおっしゃらないでくださいまし」

甘えるような声を出して、また膝が前に進む。

「武田の血を尊んでいる忠信様が知らぬわけがございませんもの。おとら狐は人に取り憑く妖怪。憑かれた者は左目から目脂《めやに》を流し、左足が痛みます。生まれは三河《みかわ》で、それほど名が知れ渡っているわけではありません」

ならば、なぜ、わたしがこれほどおとら狐について知っているのでありましょうか。

忠信は言葉もなくわなないているだけなのに、燕弥は「思い出してくだすった！」

と嬉しそうに胸の前で両手をぽんと合わせる。

「そうです。おとら狐は、長篠《ながしの》城のお稲荷《いなり》様の使いでございます」

忠信の喉《のど》がぐうと鳴る。

「左目と左足の傷は、長篠の戦いにて鉄砲の流れ玉をくらったからで、おとら狐は取り憑いた者に長篠の戦さのお話をさせるのだそうで。それなら、その戦さに詳しい者に取り憑いた方が早いとは思いませんか」

目を泳がせる忠信の注意を引くため、燕弥は人差し指で畳を優しく、しかし鋭くとんとんと二度叩く。

「わたしがなぜあなた様に声をかけたのか。この世に数多《あまた》いる女子の中からあなたの娘御を選んだのか。あなた様が武田の血を引いておられることを、わたしが知らなかったとでも？」

あれだけ荒唐と罵《ののし》っておきながら、芝居者に問われて頭で考え込んでしまうのは、この父親が芝居に慣れていないからだ。

「そんなはずがないではないですか」

考えてしまった時点で父親はもう、この女形の手のひらの上に乗せられている。

「おとら狐にあなた様の娘御は憑かれておりました。そして、わたしはそのおとら狐を目当てに嫁にもらったのです」

「おのれ……言うに事欠いてべらべらと根も葉もない転合《てんごう》を並べたておって！」

「転合などではございませぬ。ほら、おかげで狐の出し入れがこんなにも楽になりました」

　こんこん、と口では可愛らしく鳴いてみせるが、右手はがりがりとねだるように畳に爪を立て、

「もうちっとお傍にお寄りくださいまし」と忠信に請う。

「わたしの中のお狐様が憑きたい憑きたいとしきりに鼻を鳴らしていらっしゃるもので」

　忠信は勢いよく腰を上げて立ち上がった。

「今後一切お前たちとは顔を合わせん！　狐憑きの女など、わしの娘ではないわ！」

　滲《にじ》んだような胸の痛みからは一旦目を逸らし、志乃は安堵《あんど》の息を漏らした。

　志乃に狐が憑いているなんていうお話は志乃が一朝一夕で拵えたもので、忠信の前に出せる証拠など何もない。だが、噂というものは根も葉もなくとも、皆、青くさい匂いをかいだ気になるものだ。家の格を一等大事にしているこの父親が、己の家に狐憑きの噂が匂う娘を連れ戻す真似なんてするはずがない。

　父親の言質《げんち》をとって、志乃の策はここで幕引きのつもりだった。しかし、燕弥はまだなぶりたらないらしかった。

「あら、なんです、その言い草。わたしが求めたものが娘さんだけだと思っているよ

うなお口振り」

一気に顔色を変えた忠信の裾《すそ》をつまんでひく、その豪胆さ。

「言いましたでしょう。とってもいいお名前ですね、と」

人差し指がつつつと忠信の顔の前へ差し出され、目の玉を懐かせるように右へ左へと動く。

「狐忠信。『義経千本桜《よしつねせんぼんざくら》』で親の皮を鼓に使われた哀れな子狐の名前でござりますれば」

「名が同じであるくらい、なんだと言うのだ」

「娘がおとら狐憑きで、父親はかの有名な子狐と同じ名。偶然といっても、こんな割り符が合うことがございましょうか」

なにやら天上のご意図があるような、と呟《つぶや》いて手を合わせるだなんて、志乃から見ても意地が悪い。

燕弥は足指を丸めて、前屈《かが》みになる。

「ほら、お侍様。お手々がこん、と」

親指の爪と小指の爪を水平に並べ、残った三本指を被せるようにして手を丸めると、忠信の前でくるくると回す。

声も最初は鼻に抜けるように甲高く、語尾は小さく早口に。

「首がしきりに動いて、こんこん、と。ほら、お鼻もかゆいかゆい」

袖に手を入れ、鼻のあたりをこしこしと掻《か》く狐振りをして見せる。こうなれば、もう芝居者の思うがままだ。

「娘御の御傷もとっても素敵。これはお侍様がおつけになったのでしょう」

言いながら、忠信の膳に手を伸ばす。小皿に盛り付けられた赤かぶの甘酢漬けに小指を浸すと、志乃の右の頬をそっと撫でる。瘡蓋《かさぶた》になっている一本の志乃の頬傷の下に並ぶように赤い汁の線を二本、左の頬に三本、描き上げて、

「見てくださいまし。可愛らしいお髭《ひげ》」と燕弥はうふふと笑って志乃の背中をとんと叩いた。志乃の背骨を辿るようにして、小気味よく叩いていく。

「娘御の一声もお聞きになりますか？　毎夜遠吠《とおぼ》えをなさるんですもの、この江戸でお志乃様の遠吠えを知らぬ者はおりませんよ」

そんな無茶なと志乃が燕弥を横目で睨み、正面に戻した時には、忠信は踵を返して、部屋を出て行ったあとだった。

染みひとつない足袋《たび》の踵が廊下の奥に消えたのを見届けると、志乃は体の力が一気に抜けて、畳の上に座り込んだ。だが、改めて力添えの御礼と、万が一父親が怒り狂

って戻ってきたときの処し方をお伝えせねばと、志乃は部屋に戻ってきたお才に話しかけたが、お才は鬱陶しそうに顔の前で手を振った。

「そないな口だけの御礼で済まそうたってそうはさせへん。こいつは貸しや。また返してもらいまっせ。それにあんたの父親が戻ってきたなら、わてはすぐにあんたの所在を吐きますから心配せんで」

お才がそうやって口を動かす間にも、部屋の中からは膳が運び出され、掛け軸は替えられと、てきぱきと部屋が整えられて、まるで幕が引いた後の芝居の片付けのような扱いだ。

夕餉《ゆうげ》の用意があるからと、早々に燕弥と二人家を追い出して、お才は「きちんと二人で話しぃ」と志乃の耳元に言い添えた。

芝居町の大通りは幕が開く前とあって、いつもよりも人の行き来が少ない。そうは言っても役者絵が売切御免の女形が、こうも堂々と歩いていていいのだろうか。思っている内に、燕弥は路地に入って小さな茶屋の暖簾《のれん》をくぐった。客のいない床几《しょうぎ》に並んで座り、ゆっくりとお爺さんが持ってきた湯呑《ゆのみ》に口をつける。しばらくは茶を啜《すす》る音で沈黙を埋めていたが、早々に限界がきた。

「お稽古《けいこ》は」と話題は燕弥が好きそうなものを選んだつもりだったが、「今日は大道

具の点検で休みだ」と返す声が随分と低い。ご機嫌がよろしくないのかしら。それとも、

「喉の調子が悪くていらっしゃる？」

おずおずと問うた志乃を見つめてから、燕弥はいや、と首を振り、大通りに顔を向ける。

「仰天いたしました」

志乃は先ほどのお才の家でのことを思い返すように口にした。燕弥は通りを眺めている。

「狐になれる女形を一人お願いしていたら、燕弥さまが現れるんですもの。いえ、それよりもまず此度のことは改めてお詫《わ》びを尽くさねばなりません。こそこそと隠れて企《たく》み事をした癖に、最後には助けていただくことになるなんて、恥ずかしいったらありゃしない。父はあのように己の信じるものしか見えぬ性分でして、燕弥さまにもなんぞひどいことを申しておりましたが、どうかお聞き流しください。父と私の間の縁はうまく鋏が入ったものと思います。二度と会いには来ぬはずですからどうかご安心を」

言いたいことがありすぎて、それらを綺麗《きれい》に舌の上で並べられない。

「ただ、燕弥さまの八重垣姫をこんなにも近くで見ることができたのは、もっけの幸いでありました。本当に狐に憑かれたようで」

　すると、燕弥が茶を膝の上に置いたまま、こちらをちらと見た。

「あら、わたしには隣にいるお人の方がお狐様に見えるけれど」

　きょとんとしたが、燕弥の視線をたどって頰に手をやり、志乃は「あ」と声をあげた。甘酢漬けの汁で描いた髭がそのままだ。慌てて袂《たもと》に入れている手拭いで頰を拭《ふ》く。言ってくれたら良いのに、と恨みがましく燕弥を睨むと、燕弥はくすくすと口元に袂を当てて笑っている。志乃もなんだか嬉しくなって、もうっと怒ったふりで燕弥の膝を叩こうとしてやめた。

　季節外れの蝶《ちょう》のようにふらふらと彷徨《さまよ》って、床几の上に収まった志乃の手のひらを、二人して見下ろしていた。

「わたしはこうやってでしか、お前を助くることができなかった」

　燕弥の声はいつもの高いものに戻っている。

「お前のおとっつぁんが怒るのは正しいことさ。お前のおとっつぁんは、お前を大切に思っていなさったよ」

　志乃は思わず眉根を寄せた。

「どこがです」

「あんなにもお前の名を呼んで、嫁がせなければよかったとわたしに食ってかかった。

扱いは酷《ひど》かっただろうけど、それでもどこかお前を大切に思っていなさったはずさ」

じゃなきゃわたしに女房の心持ちを考えろなんぞと言わないよ、と燕弥は優しげな顔を向けてくる。

「わたしが男の格好をしておれば、此度のことはもっとすんなりと落着したはずだってのはお前も気づいているんだろう」

惚《とぼ》けるのも違う気がして、志乃は素直に頷いた。

嘘でもいいのだ。燕弥が一言、白粉も刷《は》かず、紅もひかず、髪も結わずに男の格好をして一言、ややこを生《な》して夫婦仲睦《むつ》まじく生きていこうと思っておりますと、言ってくれさえすれば。しかし、志乃が燕弥にそれをお願いすることはなかった。

「だが、わたしはどうしても、男の格好をすることができなかった」

そう答えることが志乃にはわかっていたからだ。

「お前を狐憑きにして貶《おとし》めることでしか、落着させることができなかった」

頭《こうべ》を垂れる燕弥のうなじに志乃はひどく腹が立った。

「何をおっしゃっているのですか」

ぴしりと燕弥の手を叩く。甘やかさのない、痛みを与えるためだけのものだ。

「此度の策を考えたのは私です」

おとら狐の材を見つけてそれに父親が信じている己の出自を混ぜ込んだ。

ねえ燕弥さま、と志乃は心の内で語りかける。嘘を練り上げているとき、私が父上様のことを思い出さないわけがありましょうか。どんなに頰を張ってきたとて、その手が娘の頭を不器用に撫でたこともあったのです。

しかし志乃は、あの夜、燕弥の嗚咽《おえつ》を隣で聞いてしまったから。

燕弥の嫁ではなく、女形の女房として生きていくことを決めたから。

「私を貶めた？　どうしてそれを己が芝居の世界で上へ上がるための方策として使わないのですか。狐憑きの女房がいると聞いて、面白がるお人もいるでしょう。存分に吹聴《ふいちょう》なさいませ。それで、あなたの評は上がるではありませんか」

夫婦仲睦まじく、父親に向かって手をつく姿を志乃は一度だけ夢想した。今の志乃はもう、その平伏した背中を思い浮かべることもしない。

「ここまで考えが至らないとは役者としての自覚がたりないのではございませんか」

燕弥は俯《うつむ》いて「うん」と言った。子供のような応えだった。そして、志乃、と己の女房の名をよんだ。声は少し低かった。

「俺はたぶん、これからお前にこの世でいう女としての喜びだったり幸せだったりを与えてやることができないのだと思う。それが嫌だというなら離縁してくれていい。

俺が溜め込んだぽっちりの小金もぜんぶ持っていってくれ。志乃ならすぐに縁がつく」

志乃は笑みを浮かべて、首を振った。

志乃は燕弥の斜め後ろを歩いて家路についた。決して手にも袖にも、地面の影にすら触れなかった。

燕弥が医者のところへ運び込まれたとの知らせを持って善吉が家に駆け込んできたのは、九月にしてはお天道様《てんと》が暖かな長閑《のどか》な朝のことだった。

下駄を突っ掛ける間も惜しんで通りに飛び出し、脇に抱えていた下駄を大きく頭の上で振って、駕籠《かご》を止める。駕籠かきの帯に金子を捻じ込み、急ぎ向かった神田三河町で名医と評判のその医者は、「悪いがはっきりはわからん」と禿頭《とくとう》に手をやりながら、燕弥の病を志乃に告げた。

手足が震える。時折腹に差し込むような疝気《せんき》がある。寒気か食い物にでもあたったか。そう診立てて放っておくと舌も回らぬようになる。頭に虫が入って、人が変わったようになったが最後、突然泣きだし、怒りだし、笑いだしは茶飯の事になり、ついには飯の食い方も小便の足し方も何もかもがわからぬようになる。

「役者や女郎に多い病じゃ。卒中か便毒かと疑ったが、そのどれもに症状が当てはまらん。悪さをする虫の正体がわからなければ、こちらとて手の出しようがない。薬湯で誤魔化すしかないさ」

燕弥は稽古の最中《さなか》に突然倒れたらしい。手をついても、うまく足が動かず立ち上がれない。己の体のことなのに訳がわからずへらりと笑っていらしたのが辛かったと、善吉は唇を嚙みながら言っていた。しばらく様子を見たが回復の兆しもなく、板に乗せて診療所へ運んだ。今は奥の間で横になっているが、目は開いているという。入るかと問われて、志乃は首を振った。燕弥は今、己の内から溢《あふ》れ出している絶望を咀嚼《そしやく》している最中で、触れるべきではないと思った。

「わしは白粉がこの病の正体と睨んどるんだが、これが賛を得られない。役者と女郎のほかに子供がこの病に罹《かか》るのが何よりの証《あかし》だと思うんじゃがなあ。ほれ、子供を胸に抱えりゃ、子供の口が丁度白粉を塗りたくった乳母どもの肌にくっつくだろう」

ま、わしが言えるのはそれだけだ、と言い放ち、医者が投げようとした匙《さじ》を志乃は慌てて引っ摑む。

「ならば、旦那さまはどうすれば良いのですか」

「わしの診立てに従うんなら、やめるこったな」

「やめるとは」志乃は息を詰まらせる。「役者のことですか」

聞かれて、医者はすんなり頷いた。

「……やめれば、命は助かるのですか」

「わしが見た中でこの病にかかった役者は五人いた。二人は舞台を降りたが、あれはいい歳だったからな、流行《はや》り病で死んじまった。舞台を続けたのは三人だ。江戸の二人は死んだ。上方の一人はまだ生きておる」

死んだとの言葉には耳を塞《ふさ》いだ。生きているとの言葉を繰り返し口の中で唱えたが、生きているその一人の病の状態を志乃はあえて聞かなかった。聞いてしまっては、己の芯に埋めたものが必ずぶれる。

「舞台に立ち続けるなら、どのくらいの日数が残されておりますか」

「……人によって虫食いの早さが変わるから、一概にこうとは言えぬ。わしが診て次の日には頭が喰《く》われたやつもいたし、五年かけてじっくり喰われたやつもいた」

そうですか、と志乃は一度目を閉じ、己の芯を確かめてから言った。

「それでは、その、病を誤魔化せるという薬湯をできるだけ沢山くださいまし。それと、舞台に立つ間だけでも震えや疝気を止めるものがあれば。いくらでも購《あがな》います」

すると、医者は仰天したように志乃を見た。次第に鼻に皺が寄り、眉間に深い溝が刻まれる。

「お前さん、それでも女房か」

医者が顔に浮かべる表情は、まがうことなく侮蔑《ぶべつ》といわれるものだった。

「舞台に立った場合の話をするから、なんじゃとは思うたが、よもや本の気で舞台に立たせるつもりとは。夫に縋ってでも役者をやめさせようとするのが、女房ではないのか」

頭にかあっと血が上った。よくもそんな知ったような口を利く。燕弥に縋ることができるなら、どんなに良いか。でも、燕弥は、あの芝居狂いの女形は、誰が何を言おうとも――。

「やめると言いおったぞ」

「は」と口から空気が抜けたが、気にすることなく医者は続ける。

「わしがあんたに話したのと同じことを伝えたら、あの女形、役者をやめると言うておったぞ」

志乃は思わず笑ってしまった。燕弥に限ってそんなはずはない。ないと思っていたのに、その日、家に帰ってきた燕弥は、志乃の問いに実にあっけらかんとして答えた。

「ああ、そうだよ、やめるよ」

言い放ち、板間に胡座をかく燕弥に慌てて駆け寄るが、大丈夫だと手を払われる。

症状は前々から出ていたそうだ。病の虫はずっと居座っているわけではなく、震えが止まらない日があれば、次の日にはすっかり治っている日もある。痺《しび》れが広がっている感じは日に日に強くなってはいるが、今日のように総身に回って動けなくなることは稀《まれ》らしい。なのに、燕弥は芝居を降りると言う。

「あの禿《はげ》、胡散臭《うさんくさ》く見えるが腕は確かでね。あいつがこれ以上役者を続けていれば死んじまうと言うんなら、そうなんだろうさ。わたしは死んじまうのは嫌だからね」

燕弥は鏡台に向かって、化粧を落とし始めた。志乃の前で燕弥が化粧を落とすのは初めてのことで、志乃は呆気《あっけ》にとられて燕弥を眺める。

「なにさ。お前はわたしが死んでもいいってのかい」

振り返り、戯《おど》けたように唇を尖《とが》らす燕弥に、志乃は慌てて首を振る。

「よくないです！　死んで良いはずがありません」

でも、と腹の奥底から浮き上がってきた言葉が口の中で弾《はじ》ける前に、「商いでも始めようか」と楽しそうな声がかぶさった。

「衣裳を売っ払ってやりゃあいい。小金も積もればなんとやらで結構な金子になるだろうさ。煙草屋はどうだい、志乃。森田座の中に煙草を扱っている兄さんがいらっしゃってね。そのお人に教われば、当分の間は食うに困らないよ。わたしの役者絵で包んで売るのも手だね。それか、紅を拭った懐紙をおまけでつけようか。煙草屋乙鳥。

あら、語呂《ごろ》がいいじゃないか」

語呂なんてちっともよくない。なのに、燕弥は随分と楽しそうに喋っている。いや、ちがう、と志乃は思う。楽しそうというより、多分これは、ほっとしている。己に乗せられていた重石《おもし》が外されて、あまりの軽さに舞い上がっている。ぶるぶると震える手で茶碗《ちゃわん》を持って、「見ろ、震えてやがる」なんて言って笑っている。そうかと思えば一転、志乃の目を真っ直ぐに覗《のぞ》き込んできて、しっかりと手を握るのだ。

「やっぱりわたしは志乃を好いている」

その声は志乃の耳の穴に入り込んで、志乃の芯を濡《ぬ》らして弱くする。

「だから、これから男としてお前を好いてやれることも嬉しいのさ。舞台を降りて男に戻れば、わたしはお前の夫として生きていけるんだ」

燕弥は志乃を抱きしめた。志乃は抱きしめられながら、どうしてと胸の内で呟く。どうして今更。そう思うのに、己の胸の内に狐火のような小さな火が点《とも》ったのがわかった。

逃げるように布団に入った志乃に、よかったじゃない、と誰かが囁《ささや》く。目蓋《まぶた》が閉じる寸前に、それが己の声であったことに気がついた。

燕弥が舞台で倒れたことは、次の日には芝居町中に広まっていた。

燕弥のお加減うかがいに何人もの人が家を訪れたが、燕弥は一切会おうとはしなかった。燕弥の稽古終わりを狙って戸口に現れた名のある大店《おおだな》の旦那衆にも、燕弥は居留守をつかい、仕入れてきた煙草を吟味している。

だがそんな客たちとは違って一人だけ、燕弥の留守時を狙ってやってくる者があった。その男は戸口の前に立って出入りを塞ぐくせに何も言わぬので、志乃も黙って家に上げる。

仁左次が志乃に会いにきた理由など、とっくのとうに見当がついていた。

あれほど可愛がってきた相方が芝居小屋から去ろうというのだ。なにをしてでも舞台に引き留めたいはずで、おそらく前と同じく志乃を脅し付けにきたに違いない。燕弥と仁左次の間を結ぶ糸は芸でしか繋がれないものだから、必死なものだと、志乃は少し笑ってしまう。仁左次がひどくやつれた顔をしているのも腹が立つ。この人はまるで燕弥の不幸を燕弥と一緒に背負っているかのような顔をする。

部屋に通された仁左次が志乃に深く平伏し、額を畳に擦り付けるのを、志乃は冷めた目で見やる。さあ、頼んでくればいい。舞台に戻るようお前から燕弥を説得してくれと。そんな仁左次を志乃は思い切り詰ってやるのだ。なんてえ酷いお人。燕弥さまが死んでもいいと言わっしゃる。そうやって男二人の間を繋ぐ絆《きずな》を、ここですっぱり切ってやる。

仁左次は顔を上げぬまま、呻《うめ》くような声で畳を湿らせた。

「どうかお内儀から燕弥に言ってくれ」

「何をです」

しらばっくれて問う志乃に、仁左次はゆるゆると顔を上げた。縋るような目をしていた。

「これ以上檜舞台に立つのはやめろと。これからは私の夫として生きてくれと」

志乃が己の耳を疑っている間に、仁左次は「燕弥のことだ」と言葉を続ける。

「あいつはなんでもないような顔をして舞台に戻るに決まっている。そのうちに手足が動かぬようになって、頭に虫が入っておっ死《ち》ぬ。あの病は役者内でもよく知られていて、女形の方が病の進みが早い。あいつは体が小さいから、虫の回りが早いはずだ。頼むお内儀。あいつを止めてくれ」

「何を、おっしゃっているんです」

「死んでほしくない」

仁左次の顔がくしゃりと歪む。

「俺はあいつに死んでほしくないんだよ」

名題役者の端にもおけぬほど、ひどく不細工な面だった。

「なぜ私に頼むのですか」

志乃はなぜか打ちのめされたようになって、ぽろりと言葉を口からこぼすと、仁左次は菖蒲《しょうぶ》の涼やかさはどこへやらで、まるで飢えた犬のように志乃の言葉にむしゃぶりついてきた。

「あんたにしかできぬことなんだ、お内儀。あんたのせいで、いや、あんたのおかげで燕弥は女から男へと変わった。あんたは燕弥を変える力を持っていなさるんだよ」

「旦那さまを女形に仕立てあげたのは、仁左次様でしょう。それなら仁左次様にもそのお力があるのでは」

「俺は駄目さ。俺のことを燕弥は決して信じない」

だって、俺は役者だもの、と仁左次は真正面から志乃を見る。

「普段から舞台の上で嘘を吐いているこの口が、あいつを心配するような言葉をかけたとしても、なんぞ裏があると疑われるのが落ちなのさ」

仁左次は少し言葉を切って、こいつはもしもの話だが、とまるで己に言い訳をするように言う。

「もしも、俺があいつを目の前にして好きだと告げたとしてもね、あいつがそれを信じることはない。俺と燕弥はどこまでいっても立役と女形でしか言葉を交わせねえのさ」

仁左次の口が寸の間、戦慄《おのの》いたように見えたのは、志乃の見間違いだろうか。

「だから俺はあんたに頼むのさ。役者の世界にいないあんたの言葉だからこそ、あいつは耳を貸すんだよ。芝居の世界にいないお内儀にしか、燕弥を引き留めることはできない」

やっぱり非道《ひど》いお人だと志乃は思った。志乃は必死になって役者の世界に身を置こうと、役者の女房になろうとしているのに、この男は志乃がなれないものと決めてかかっている。

「旦那さまは舞台を降りるおつもりでいらっしゃいます。仁左次様は旦那さまからお聞きになっていないのですか」

意趣返しの気持ちはあった。

旦那さまはあなたが思うほど、芝居に執着などしておりませんよと。

あなたが信じていた旦那さまとの繋がりは、ああ、なんて薄っぺらくて細くて脆《もろ》くて頼りのないものだったことでしょうと。

恋慕だと名をつけぬからだ。言葉にできないものこそ一等凄《すご》いだなんて言い張って、形にはめぬからこういう羽目になるのだわ！　心の内で叫ぶ己があんまりに惨めで、志乃は少し涙が出た。

「そうか」

顔を上げれば、輪郭の滲んだ仁左次がぼんやりとしている。

空気が抜けたようになって、

「……そうか」

ともう一度言った。

「それなら、いい」

仁左次はゆっくりと尻を上げた。そのまま居間を出て廊下を渡る。上がり框《かまち》に腰掛け、草履を履きながら、

「子供はできたか」

「え？」

「子供ができたら一人くれ。お前じゃなくてもいいんだ。そこらへんの女をつかまえて孕《はら》ませてくれりゃあ、俺が引き取って育てる。なんでもいい。あいつの血肉が混ざったもんが俺の手元に残せるんなら、なんだって」

呟く仁左次の顔は見えない。

「すまねえ、忘れてくれ」

消え入りそうな声でそう言って、仁左次は格子戸の隙間に消えていった。

お互いがお互いに、ないものねだりをしていると、志乃はそう思った。

次の日、燕弥は、座元に辞意を伝えに行った。あの手この手で散々引き留められ、座元の目には涙さえ光っていたが「それじゃあ、盛大に送り出してやらなきゃね」と手を打ってからは、乙鳥屋のお名残芝居をどれだけ豪奢にするかの話で賑《にぎ》わったそうだ。座付き作者や名題のお歴々方が集まって、番付は倍刷るべきやら、舞台上の客席である羅漢台《らかんだい》は木戸札を売るため少なくした方がいいやらと思い付きを口々に喋る。引き留め話よりも長いこと話したよ、と夕餉の席で燕弥は箸からこぼれ落ちる湯やっこを何度も摘《つま》み上げながら、呟いた。

「子供をくれだなんて、とち狂ったことを言いやがるわね。要は子供を縁を繋ぐための道具と考えてるわけなんだろ」

お才の家の縁側で長煙管《ながギセル》を吸い付けながら「馬鹿ねえ」とお富は鼻を鳴らす。

お富は鰻《うなぎ》をたんと持って志乃の家を訪ねてきた。聞けば、鰻は足にいいから、と。荒《すさ》み切っていた心にはその幼子のような分かりやすい気遣いが沁《し》みて、脚気《かっけ》ではないですよと綻《ほころ》んだ拍子に、ぽろりと仁左次のことが口端からこぼれた。お富がその太い眉を顰《ひそ》め「なんてえお人だ」と呟くのを聞いて、気付けば志乃は次から次へと仁左次の話を並べ立てていた。お才にも聞かせてやんなさいとお富と一緒にお才の家に向かう道中に、ふと気づく。

私は、たぶん誰かの口からあの人の悪口が飛び出る様を見たかったのだ。

なんてえお人、は私のほうだ。

「そもそも子供なんて、繋ぎになりゃしないのよ」

「でも、子はかすがいとも言いますし」

「子をかすがいにしようとした時点でその夫婦は終わってんのよ」

志乃は思わず目を逸らしたが、お富は気付かぬままで言葉を続ける。

「子のいるいないで、夫婦の仲なんぞ変わるわけがないもの。子を産まなくとも夫婦としてやっていけるし、寿太郎はあたしに子を作れなんて言ったことがないさね」

その時、障子を震わすような子供の泣き声がああんと響いた。お富は肩を跳ね上げて、先ほどまでの啖呵《たんか》はどこへやらで、あわあわと母親の姿を探している。

「お才、お才! おみちが泣いてるよ!」

体を捻《ひね》って部屋の奥へと声をかけるが、お才の応えは落ち着いたものだ。

「今、手が離せんさかい、お富はん、ちょいと面倒見たってもらえまへんか。どうせお雛《ひな》さんの頭がとれたとか、うまく着せ替えられへんとかやろうから」

「もうっ！　しょうがないわね」と口振りは荒くも、お富はいそいそと腰をあげ、隣の部屋へと歩いて行く。

お富と寿太郎には子がいない。今は欲しくないのだとあっけらかんと言っていた。後継はと聞けば、養子を取ればいいじゃないと言う。寿太郎もそれで承知しているらしい。

「道具にしているわけではないんよ」

部屋奥から出てきたお才が、志乃の隣に腰を落ち着ける。お富と子供の戯れる声が遠くの方で聞こえている。

お才と理右衛門には子がある。お才は三人女の子を産んで、妾《めかけ》が一人男の子を産んだ。お才の胸の中ですやすやと眠っているのは、二歳になる妾の子だという。乳は乳母とお才がつけていた。

「でも、ややこを産んだことで母という名札が首から下がるんは安心した。ようやっと胸を張ってこの家に尻を収められる。誰かに咎められても、ややこを胸に抱いて居れば許されると思ったもんやで」

志乃は目を伏せて「ええ」と答える。

布団をめくったときの燕弥の白い足は時折、目蓋の裏にちらついた。あの夜の醜態《しゅうたい》は二人に話していないけれど、お才は何かを察したようで、志乃の応えをほじくり返したりはしなかった。庭に目を向けたままで、お富と子供の声を聞いている。

「あの子にはわからんのやろな。自分の身の置き処なんぞ探さんくても、旦那が自分の隣にきちんと座布団を敷いてやってあげとるんやもの。そら、ややこなんぞおらんくても、夫婦仲良くやっていけるわ」

志乃は不思議に思って、隣の女房の顔をうかがい見る。

「理右衛門さんは、座布団を敷いてはくれないのですか」

「わては女しかややを産まへんかったからな」

あっさりと言う。

「おみちを産んだときはまだ腕に抱きはったけどな。二人目のお絹《きぬ》は、産婆から女やて聞いた途端、顔も見んと部屋を出ていきはったわ。一ト月後、八重が、妾が産んだのんが男やとわかって、いつもはむっつり黙っとるあの人が飛び上がって喜んどったと聞いた。殺したろ思たわ。赤ん坊の首なんて指だけできゅっと折れるさかい」

大通りの真ん中で、お才がお富を罵倒《ばとう》する姿を思い出す。あれは、いつもは凛《りん》しゃんと背筋を立てている役者女房が、一人の女子に戻った瞬間だったのだ。思わず、お才の夫への悪口が飛び出した。

「どうして、それほどまでに理右衛門さんに尽くすんです」

理右衛門の姿を志乃は舞台の上でしか見たことがない。柄が大きけりゃ、顔も大きく、鼻やら目やらが顔表でひしめきあっている。見得を切った顔は威があって、震え上がるほど凄《すさ》まじいと人気の役者だった。芝居の幕が閉じた後も口は見得を切っているような真一文字で、他の役者と無駄な言葉を交わさないと聞く。

「家でもそうや。余計な口は一切叩かん」

でもな、とお才は少し笑った。

「あの人な、わてといる時にだけ腹を壊しはんねん」

お才は秘事を囁くかのように小さな声で話す。

「偉ぶってるくせに緊張しいなんやで。おかしいやろ」

まるで、小鳥を温めているような声音だった。

「それだけですか？」

「それだけやわ」

お才の口端には柔らかい笑みが灯《とも》っている。

「それでええねん。いつまでもわての近くで腹を壊しといてくれりゃあそれでええ」

胸の子供がぐずって、お才は迷うことなく胸元をくつろげた。

「子供はかわええで。お母はん、お母はんってついてくる」

乳を妾の子供に吸わせながら、お才は志乃をちらと見た。

「あんたも作りはるんやろ」

「え」

「乙鳥屋が芝居を降りたら、あんたも子供を作ればええ。お富はんはあんなこと言うとるけど、ややを産んだら変わるもんもようけありますよ」

「……そうですね」

「よかったやないですか。これであんたは燕弥の女房になれるんですから」


お名残芝居の三日前。神無月狂言の番付はすでに刷られていたが、森田座の芝居者たちは総出でそれらを回収し、代わりに燕弥のお名残芝居の番付を配った。

世間を賑わせていた成り上がり女形の突然のお下がりに、役者絵は飛ぶように売れた。燕弥が最後の舞台で着る小袖の色はなんだの、頭に挿す簪はギヤマン造りらしいだのと芝居好きたちは沸き立って、乙鳥屋の名前を入れれば風呂桶《ふろおけ》でさえ売り切れる。芝居町の騒ぎっぷりを燕弥は、家に帰ってくるたびに志乃に言って聞かせてくる。そのくせ、煙草商いへの腰の入れようは本の気で、煙草の仕入れ先もすでに決め、志乃には算盤《そろばん》を渡してきた。毎夜算盤を弾く練習をするが、煙草商いをする己を頭に思い浮かべると、どうにも指が止まってしまう。苛々《いらいら》と珠《たま》を振っては仕切り直した。手習いの頃に使っていたものではないからとそのときは言い訳をしていたが、その算盤が今、目の前にあっては何も言えない。

志乃の古びた算盤を持ってきたのは、母親だった。

昼を過ぎた頃に突然家に訪ねてきた母親、おゆうは大きな風呂敷包を抱えていた。後ろに連なる大柄な男たちも汗だくになりながら行李《こうり》を背負っている。

家に入るなり母親は上がり框に腰掛けて、男たちも勝手に土間へと座り込む。その疲れように追い出すこともできず、志乃は麦湯を皆に注いで回る。

「なにをしにこられたのですか」

こうやって、正面切って母親の顔を見るのは初めてかも知れない。志乃はいつだって母親の後ろに回り、武家の妻女と墨書きがされたその背中をずっと見てきた。

ああ、これが武家の妻女の坐《ざ》し方で、武家の妻女の茶の淹《い》れ方と、これまで手本にしていたその武家の妻女が、目の前で足を投げ出している。

「あなたのものを全部持っていけと殿様が姦《かしま》しいのです」

ぱかりと股《また》を開かれて、志乃は開いた口がふさがらない。

風呂敷包と汗濡れの行李を開けば、中には志乃が実家に置いてきた小物や着物がすべて納められていた。

「狐が憑いたら困るからと」

忠信は志乃が使っていたものを一つ残らず掻き集め、志乃の家まで持って行けと言ったらしい。おゆうは胸の内でため息をついたそうだ。出羽から江戸までどれだけの日と労力がかかることか。捨てましょう。いえ、売ったそのお金で差し料の一本お買いになればいい。忠信の疳《かん》の虫を起こさぬように提言してみたが、忠信は何やら下を向き、ぷちぷちと口の中で呟いている。よくよく耳を傾けてみれば、捨てたり売ったりなぞして祟《たた》られるのが怖いとそういうわけだ。

「ほんに殿様の肝は小さくていらっしゃる。吸い物に入れても大して出汁《だし》になりゃあしません。終いには犬を飼おうだなんて仰《おつしや》っているんですよ。志乃。あなた、大変なことをしてくれましたね。私は犬が嫌いなのに」

だらしなく上がり框に体を預け、夫の陰口を叩く己の母親に、志乃は思わず膝でにじり寄る。だが、日を十分に浴びて育たなかった瓜実《うりざね》のようなその顔は、志乃が幼い頃から見てきたものだ。いつだって夫の斜め後ろにそっと添い、口をつぐんで控えていた。おゆうは志乃が目指すべき武家の女であり、そして女房の姿であったのだ。

「私、子供を産むかもしれません」と口から零《こぼ》したのは、たぶん己の母親に女房として認められたい思いがあったのかもしれない。

だが、おゆうは「あら、そうですか」と言ったきりで、自分で鉄瓶から茶碗に茶を注ぐ。

志乃が目を瞬かせると、「なんです？」と剃《そ》り落とした眉を上げた。

「いえ。ですが、女は子供を産んでようやく人になれるものだと教えてくれたのは、母上様だったような気がしておりましたので」

「ええ、そう申しました」

おゆうはなんでもないように頷いた。

「だったら、なんなのですか。褒めて欲しいのですか」

嘲《あざけ》るように片方の口端だけを上げる。

「子供を産めば、一人前の母になれますね、おめでとうとでも言葉をかけて欲しいのですか」

「そういうわけでは……。私はただ、旦那さまにとって良い女房でありたいだけです。母上様のような立派な女房に」

言いながら、志乃はふと考えた。

燕弥にとっていい女房とはどんな女房なのだろうか。

仁左次が願っていたように、舞台に上がってくれるなと燕弥を止めることができる女房こそが、いい女房であるのだろうか。

気付けば、おゆうはひどく冷めた目で志乃を見ている。

「お前は本当につまらぬ女子ですねえ。お前はいつでもそうやって、人の決めた枠にはまることばかりを考えている。その枠にはまってさえいれば、誰からも嫌われずに生きていけると思っている」

おゆうはふと何かを思いついたように、志乃に向かって手招きした。近づいた志乃の耳元に顔を寄せ、

「わたしね」とまるで小娘のような甘ったれた口をきく。

「お前が嫁いで出て行ってくれて、とってもよかったと思っているんです。だって、殿様の視線をわたしが独り占めできるんだもの」

だから戻って来ぬように。

我に返れば、風呂敷包はすべて解《ほど》かれ、おゆうはさっさと帰り支度を始めている。

「これでわかったでしょう。あなたが尊敬すべき女房なんてものはこの世のどこにもいなかったのです」

嫣然《えんぜん》と微笑むおゆうの唇は、武家の女らしく紅などつけられていないはずなのに、

なぜかぬらぬらと光って見える。

「武家の枠にはまって動くのはとても楽でございましょう。役者の女房の枠にはまって動くのはとても楽でございましょう。女の枠にはまって動くのはとても楽でございましょう」

「母上様……」

「お前は女形に嫁いで色々な武家の女を見、世話をしてきたと言ったそうですが、お前だって一人の武家の女なのです」

おゆうは人差し指を志乃の胸に突きつけた。胸の内にある何かをほじくり出すようにぐうっと押す。

「己のお頭《つむ》で考えて、己の手足で行動なさい」

おゆうはそう言い置いて、振り向きもせずに出羽へと帰っていった。

乙鳥屋お名残芝居の幕開きを明日に控えていても、燕弥は行灯《あんどん》の皿に油を注ぎ足し、遅くまで煙草選びに精を出している。夕餉の膳もそっちのけ。ようやく箸をつけたかと思うとおみおつけを一口飲んで、納豆を入れるように志乃に言う。

ああ、行ってしまったのだ、と志乃は思った。燕弥の体の中にいたお姫様たちはどこか遠くへ行ってしまった。燕弥はこれまで納豆やとろろなど口に匂いが残るものは決して口にせず、志乃が食べるのも禁じていた。化粧をし、髪を結わっている燕弥はたしかに女の姿であるけれど、ただ、男が女の格好をしているだけだ。

今の燕弥は己の生活におざなりだった。捨て鉢になっているといってもいい。美しい瀬戸物の器がわざと手荒く扱われている気がするのだ。そうして、己が取り返しが付かぬほどに割れてしまうのを、この人は待っている。

志乃は音が鳴らぬよう、静かに箸を置く。

「燕弥さまは本当にこのような幕の引き方でよいのですか」

燕弥は納豆汁の椀《わん》に口をつけたまま、「お前もくどいねえ」と抜けた声を出す。

「そんなに算盤がお嫌いだったなんてね。心配すない。銭勘定なんぞすぐに慣れるさ。帳場の後ろでご破算で願いましてはぁ、つって叫んでいりゃあいいんだよ」

燕弥は戯けて、椀を小気味よく膳に打ちつけてみせる。志乃は口端を上げない。音も立てない。

「あなたに芝居への未練が残っていないのなら、私はそれでいいのです」

一片たりとも芝居の気を入れてなるものか。

燕弥は急に白けたようになって、虫でも打ち払うように顔の前で手を振った。

「未練なぞあるはずもない。だってわたしは死にたくないんだもの」

「私にはどうもそれが、燕弥さまの心《しん》からのお言葉だと思えません」

志乃は問う。

「どうしてお着物を捨てられたのですか」

燕弥は三日前、渋色の着物を四着残し、それ以外の着物を全て捨てた。男衆に大八車を用意させ、川縁《かわべり》まで運んで全て燃やした。古着買があれよあれよと集まって、どうか後生だ、売ってくれと燕弥に縋ったが、燕弥は一枚残らず焦げた端切れに変えてしまった。

「お綺麗な着物なんて、商いに必要がないからさ」

「それなら行李にでも仕舞い込んでおけばいい。手放すにしても、古着屋に売れば金子になって、商いの元手となりました。燃やす必要なんてございません」

燕弥は黙って煙管を吸い付ける。まだ煙も吐いていないというのに、灰吹に煙管を打ち付けようとするので、志乃は思い切り煙草盆を手元に引き寄せた。

「あなたには、芝居を懐かしむだけの意気地がないのです」

志乃は燕弥に音を立たせてやらない。今、この場で、女形に幕を開かせせない。

「何かの拍子に着物を目に入れてしまっては、必ず舞台に戻りたくなることをご自分で分かっていらっしゃる」

続けて志乃は「なぜに煙草商いを選びました」と燕弥に問う。応えがないので、志乃が答える。

「己に煙草の臭いを染み込ませたいからでしょうとも。芝居に匂いは大切です。此度の『本朝廿四孝』、場面は十種香《じゅしゅこう》、八重垣姫が勝頼を想って香を薫《た》く場面でも、実際に香の匂いをさせるものだと聞いております。その八重垣姫の体に煙草の臭いが染み込んでいては、舞台は台無し。あなたは役者に戻る道を己でお断ちになりたいのです」

ようやく燕弥は膝を回し、真正面から志乃を睨みつける。

「お前、そうやってわたしを芝居に戻そうとするけどね。一体どういう了見なんだい。お前はわたしを殺したいのかい」

「そんなわけがございません」

「じゃあ、どうしてわたしに芝居を勧めてくる」

行灯の火が、燕弥の黒子《ほくろ》と喉仏をゆらゆらと照らす。

「仕方がないんだよ」と喉仏のあたりで声がした。

「わたしは病気になっちまったんだからさぁ。そりゃあ、悲しくって悔しいさ。でも、この体で舞台にしがみ付いたところでなんになる。早いとこ舞台を降りて、新しい生き方ってのを探すべきなのさ。女でなくなったって、わたしは生きていていいはずだもの」

「そうやって舞台から降りるための口実を並べて振りかざして、まるで幼子のようではありませんか」

「……なに」

燕弥の声は低く、志乃は息を呑んだがそのままぐうっと臍《ほぞ》のあたりに力を込める。

「あなたは檜舞台に足を下ろしていることが恐ろしくなったのです」

「……お前、どこかに頭でもぶつけやがったね」

「逃げるのですか。芝居の世界に身を置いていることが恐ろしいから、逃げるのですか。人の喉笛に喰らいつくのが、喰らわれて引き摺り下ろされるのが、あなたは怖くなってしまわれた」

燕弥の体を抜けて出て行った何かを、志乃はもう一度掻き集めたい。掻き集めねばならない。

「役者でなくって、女でなくって、あなたは生きていくことができるのですか！」

前のめりになって叫ぶ志乃を、燕弥は黙ってじいっと見ていた。そして、

「お前はひどい女だね」とぽつりと言う。

「お前はわたしが役者でないと好いてくれないらしい」

燕弥の口端が嫌な角度で上がる。

「死ぬまでわたしに役者をさせたいんだね。何が欲しいの。金襴緞子《きんらんどんす》の振袖か、ギヤマン造りの簪か」

「私はそんなもの」

「そう思われても仕方のないことをお前は今、口にしているんだよ。わたしがどんなに苦しもうとも、お前はどうでもいいのさ。そのうち、腕も足も動かぬようになって、己のことさえわからぬようになって、股から糞尿《ふんにょう》を垂れ流すことになる夫の心内なんぞ、どうでもいいのさ。そうなってもいいからお前は役者を続けなとわたしに言っているんだよ」

違う。志乃はそんなことを言いたいのではない。でも、相槌《あいづち》しか打ってこなかった武家の娘の口がうまいはずがなくて、言葉にすればするほど、志乃の思いは伝わらない。そして、燕弥は志乃の言葉を歪めることに躍起になっていく。

志乃は膝の上に置いた拳を握りしめる。言葉にせずとも伝える方法があれば。指の震えや目の動きで、見ている者に思いを伝える役者たちのように。

ふと志乃の頭の内で、衣擦れのような音がした。

「無理してわたしを焚《た》き付けるような真似、しなくたっていいんだよ。わたしには本当に未練なんざこれっぽっちも残っていないんだからさ」

いつの間にやら、燕弥は志乃の拳を取って、両手で撫でている。

「最後までお前に気苦労をかけるね。女である旦那との生活なんてさぞ気色が悪かったろう」

志乃は、いけないと思った。

燕弥に燕弥の中の女を決して否定させてはいけない。志乃は燕弥の手をぎゅうと握るのに、燕弥はそんな志乃の手を優しく叩いていなすだけだ。

「この幕が終わるまで辛抱してくれりゃあいい。芝居が終ねたら、わたしは、いいや、俺はすっきり男に戻る。病の虫が消えちまうことはないらしいが、爺《じじ》いになるまで顔を出さない可能性だってあるんだぜ。これからお前と二人、なんだってできる。商いが嫌ならやめたっていいんだ。江戸が嫌なら、上方へ行きゃあいい」

燕弥は立ち上がり、「寝るよ」と静かに言い放った。

「祝言も挙げようね。芝居が終ねたその日にわたしはお前を抱くつもりだからさ。だから待っていておくれな」

なあ、志乃、と名を呼ばれた。ねえ、志乃、と誰かが志乃の内から囁いたのが聞こえた気がした。

まだらに広がる鈍色《にび》の雲が、昇ったばかりのお天道様を覆い隠している。日の光が滲んでいるかのような朝だった。

志乃は一人、家の中で横座りをして、宙を見上げている。

燕弥は夜明け前に出て行った。

外では一番太鼓が鳴っている。風が強い。からからと何かが転がる音が、時折太鼓の音を打ち消した。

この風じゃあ、川縁の灰も散ってしまったことだろう。給金もまだ入っていないというのに燕弥が芝居毎に誂《あつら》えて、志乃をびくびくとさせていた、あの色鮮やかな着物の山は、この部屋のどこにもない。化粧道具は志乃の分を残して、遠くの厠《かわや》に捨ててきたと言っていた。

家の中はがらんどうだった。

燕弥の身の内もがらんどうになるのだろうか。

志乃は、ぼんやりと考える。

それなら、燕弥の体の中にいたあの女たちはどこへ行ってしまったのだろう。

赤色の着物を着た後ろ姿を思い浮かべようとする己の頭を軽く振った。

何を今更。そもそも、私はこうなることを望んでいたじゃない。私は燕弥の女房になり、沢山子供を産んで、夫婦仲睦まじく生きていくのだ。もし、本当に病の原因が白粉であるのなら、女形をやめた燕弥は長生きができるかもしれない。皺くちゃになった志乃は、皺くちゃになった燕弥と二人、縁側で土気色の煎《せん》じ茶を飲むことができるかもしれない。

ほらご覧なさい、と志乃は胸に手を当てる。あの人が芝居に戻っていいことなぞひとつもないの。あの人だってこれでいいと言っていたもの。

なのに、どうしてこんなに胸の内が騒ぐのだ。

志乃は胸に右手を当てたまま、前屈みになる。左手で畳を突いて、体を支える。

胸の内が騒ぐのは、志乃には燕弥が芝居から顔を背けようとしていることが分かるからだ。たらりたらりと滴っている未練への気付かぬ振りが大層お上手。逃げ出している癖に前へ進んでいると見せ掛けるのも大層お上手。普段から客相手に嘘事を魅せるその生業《なりわい》のおかげか、己で己を騙《だま》すのが大層お上手な人だった。

芝居小屋の中、評判記に書かれる上の数と給金の額を競って心玉《こころだま》を刮《こそ》げていくその痛み、男でありながら女として生きていく苦しみは、志乃には想像だにできない。逃げ出したくなるのも尤《もっと》もなのかもしれない。

でも、志乃はどうしても、燕弥に燕弥の中にいる女を否定して欲しくなかった。

だって志乃は燕弥の中の女によって、こんなにも変えられた。

そう。あなたは、赤姫たちを身に宿し演じきった乙鳥屋。この日本で一等素敵な女形。

見せてやらなければ、と思った。

燕弥が演じてきた女たちのおかげで随分と変わった己が女房の姿を。

出格子《でごうし》窓から日の光が入って、志乃は空を見上げた。風が雲を吹き流し、お天道様が出たり入ったりと忙《せわ》しない。ちかちかと志乃の目を瞬かせる中、頰の辺りを影が走る。

雲の流れに逆らうようにして、鳥が一羽飛んでいった。

黒々と艶《つや》めく目玉と目があって、「エェ」と自然と喉が開いていた。

「翅が欲しい」

志乃はふらふらと立ち上がり、またしても口は勝手に動く。

「羽が欲しい。飛んで行きたい。知らせたい」

それなら、しゃっきりなさいませ！

ぴしゃりと背中を叩かれた気がした。

志乃は勢いよく振り返る。無論、誰もいない。風か。いや、そんなわけがない。志乃は家内、この感触は人の手だ。

着物の上から志乃の背骨に沿って、小気味よくとんとんと叩かれる。私はこの手つきをどこかで感じやしなかったか。父親と対峙《たいじ》し、志乃に遠吠えをさせようと背中を叩いたあの時と同じ、これは燕弥の演ずる八重垣姫のお手つきだ。

八重垣姫に急《せ》かされるようにして、格子戸に手をかけ、表に出た。だんだらに照らされた大通りには小糠《こぬか》雨が降っていた。狐の嫁取り雨だ。志乃は大きく息を吸うと、走りはじめる。芝居に向かう人々の背やら肩やらにぶつかるが、志乃はまっつぐ前を見たまま、足を止めない。駕籠かきを追い抜いた際に、下駄の後ろを踏まれて、志乃は転びそうになる。が、すりりと地面を舐《な》めるようにして足を滑らせ前へ進めば、これは燕弥の演ずる雪姫の足の運び方。

鼠のように小さな声が、進めと志乃に囁いて、志乃は脇目も振らず、足を前に出す。

見せつけねば、と思った。

あなたが教え、私の中に生きている、この武家のお姫様たちを。

森田座が近づいて、こんな己は悪妻だろうな、とも考える。寿命を縮めると分かっていながら、私は夫を芝居の道に押し戻そうとしている。逃げ出した人間に、逃げ道を用意してあげることをしない。誰が聞いても非道い女房だと言うだろう。

わかっている。女でなくなってもいいではないですか、と微笑んであげられることが、人として一番正しい形であることを。男であっても女であっても、あなたであればなんでも良いんです、と抱き締めてあげられることが、燕弥の女房として一番正しい在り方なのだと。

でも志乃はひどく欲張りになったので、燕弥の妻であることも、役者の妻であることも、双方取ることに決めたのだ。

夫婦の形は千種万様。手の添え方だって変わってくる。

薄く筋張り、右の肩口に小さな痣《あざ》のある燕弥の背中に両手を添えるため、志乃は、決して足を止めない。

森田座の前は初日とあって、人波が絶えず押しては返し、小さな悶着《もんちゃく》が二つ三つ起こっていた。酒樽《さかだる》、米俵に炭俵が山高く積まれ、蒸籠《せいろ》の上なんかには尾頭つきの生きた大鯛《おおだい》が、雨で息を吹き返したのか小さく跳ねているのが見える。志乃は蒸籠の山をよじ登るかのように体を押しつけた。これは燕弥の演ずる蛇になった清姫の鐘登り。

山は崩れて、あちらこちらで悲鳴が上がる。それに乗じて鼠木戸を潜ろうとするが、やはり本櫓《ほんやぐら》の木戸番は動じない。無賃で小屋に忍び込もうとする輩《やから》がいまいかと目を光らせている。燕弥の女房と名乗りをあげてから金子でも木戸番に握らせれば、おそらく入れてはくれるだろうが、この後のことを考えると、ここであまり目立ちたくはない。志乃がそっと唇を噛んだ、その時、

「えええん」と大きな泣き声が聞こえた。見れば、木戸口のすぐ近く、木戸番相手に喚《わめ》いているのは、お富だった。

その癇癪《かんしゃく》の内容は途切れ途切れでよく聞こえないが、そりゃもう野次馬もわんさと集まってきて、木戸番は鬱陶しそうな顔を隠しもせずに応対に当たる。その苛立つ背中に回り込み、志乃は木戸口に体を滑り込ませた。

舞台へ急ごうとする足を一寸止めて、ふと振り向いた。華やかな口はまだ何やらを泣き喚いていたが、睫毛《まつげ》に涙を引っ掛からせているその目玉はこちらを向いている。

そして、お富は可愛らしく舌をぺろりと出して見せた。

志乃は小屋の奥へ進みながら、ああ、と嘆息する。

ああ、あの人はやっぱりどうして役者の女房だった。

嘘に塗《まみ》れて息の出来ぬようになった夫の前でお富は泣いて笑って怒って見せる。だが、そのいくらかは今日のように作られたものもあったのだろう。それこそが、お富の寿太郎への手の添え方なのだ。

檜舞台の上に乗せられた『本朝廿四孝』は幕を上げたばかりのようだった。

客は大入り、平土間では、横木と縦木が渡されてできたいくつもの枡《ます》から鶉《うずら》のように顔が出て、舞台を挟んで東西の桟敷《さじき》席には役者の名入り提灯《ちょうちん》が所狭しと架けられている。だが、小屋にはどこか白けたような気配があった。板の上の八重垣姫は、素人《とうしろう》の志乃が見てもわかるほどふやけている。

志乃は平土間の横木を渡って、舞台へ近づく。近くの客からは罵声が上がるが、気にしている暇はない。花道に足を掛けた瞬間、後ろから袖を摑まれた。振り返れば、善吉が途方にくれたような顔で志乃を見つめている。それを皮切りに留場たちが寄ってきて、志乃の腕やら肩やらを摑んでくるが、志乃は身を躱《かわ》す。善吉の腕も振り切った。

桟敷席にお才の姿を見つけた。お才は志乃を見て一寸腰を上げ掛けたが、眉根をぎゅうと寄せてから、尻を元の場所に押し付けた。

花道を駆けながら、志乃はああ、と嘆息する。あの人は私を助けない。なぜなら、己の夫に迷惑がかかるから。己の友を見捨てることになろうとも、お才は理右衛門の評価を落とす真似を絶対にしない。これこそがお才の手の添え方で、ああ、この人もやっぱりどうして役者の女房だ。

大丈夫、と志乃は心内でそうっと囁く。何も出来ずにきしりと鳴るあなたのその歯の音が、私の背中を押してくれる。

花道の半ばあたりまでくると、客はもう舞台などそっちのけで、突然現れた女子の小屋乗り込みの行方を追っている。

ここからなら、己の細い喉でも絞れば声が届く。

志乃は足を止め、腰を低くした。途端、組みついてきた留場の足をひっかけ、手のひらで胸をつく。これは出羽に住んでいた一人の武家の娘の武道の処し方。

やんややんやと客が声を上げ、留場たちが距離を取る。

志乃は舞台に向き直る。

「なにをしている、志乃」

呆然《ぼうぜん》とした燕弥の声に、志乃は少しだけ喉が詰まった。目元が燕弥に似ているような子供の顔と、皺くちゃになった燕弥の顔が頭に浮かんだが、志乃は今、目の前の女形を目に映す。見据えて、口を開いた。

「頼みと言うはこれひとつ！　舞台を降りるか」

「さあ、それは」

返した己に驚いている燕弥に、志乃は微笑んでみせる。

そうでしょうとも。あなたが初めて芯に据えられた時姫の台詞《せりふ》を、あなたが忘れるわけがありませんもの。

「舞台に残るか」と志乃が言う。

「さあ」と燕弥が言う。

「さあ、さあ、さあ」と二人の声はぴっちりと合った。

「落ち着く道はたった一つ！」

志乃は声を張り上げる。

「返答はなんとなんと！」

問われて、燕弥は一寸泣き出しそうな顔になった。

しかし、唇を引き結び、志乃に力強く打って返す。

「成程、演じて見せましょう」

「すりゃ、燕弥さま」

「森田座稀代《きたい》の立女形、演じて差し上げましょう！」

女の小屋乗り込みにざわざわと騒いでいた観客たちが一気に興奮して大向こうをあげる。

舞台の上で客たちの声を一身に浴びて立っている燕弥を、志乃は留場たちに取り押さえられるまで、ずっと見つめていた。

幕《まく》引《ひき》

椀《わん》になみなみ注がれた汁粉を一口含み、今月のお店は当たりねと志乃は、ふくふくと頬を綻《ほころ》ばせた。つるりと皮の剝《む》かれた小豆《あずき》は舌触りがよく、先月のお店とは違って、甘すぎない。この味は八重垣姫がお好きなはずと思ったりもする。

昨日まで雨が降り続いていた五月の今朝は少々肌寒くて、汁粉を腹に入れてじんわり温めるのが心地いい。志乃はもう一椀おかわりをしてしまう。店の奥から注文をうけに看板娘が出てくるが案の定「あれで関脇ってのは節穴が過ぎるんじゃないの」とお富が吝《けち》をつけている。

「近頃の番付はどうかしてるよ。歩き方にしながあるって、あんなのただ出《で》っ尻《ちり》なだけじゃないか」

お富の文句がずらずらと続き、「はあ、もう敵《かな》わん」とお才の堪忍袋の緒が切れる音がする。

「お富はん、あんた、何回言うたらお行儀ようできるんだす。手習いの子ぉの方が大人しゅうできまっせ」

二人の応酬を聞きながら、志乃はまったり汁粉を啜《すす》る。指先が粗相《そそう》をたしなめるように、椀の口に引っかかった小豆をついっと拭った。

役者の女房三人の茶屋巡りは、役者の女房二人と一人に変わっても、相も変わらず続いていた。しかし、志乃がふと遠くに目をやるだけで、二人は窺《うかが》うような視線を寄《よ》越《こ》してくるし、選ぶ店は志乃の好物である汁粉の店ばっかりだ。

そんなに気を遣ってくれなくてもいいのにと、志乃は汁粉の入った木椀で手を温めながら、思う。

燕弥と別れて半年と三月がたつ。志乃はもう落ち着いている。

「そういや聞いたよ。あんたの宿《やど》、身上《しんしょう》が千両にまで届いたんだろ。大したもんじゃないか」

「けど、この頃は中村座に人気を持っていかれてあきまへんな」

「ああ、あれだろ。曾根崎心中《そねざきしんじゅう》を土台に敷いた『堂島連理柵《どうじまれんりのしがらみ》』ってのが入れ食いらしいね」

二人は声を小さくしているが、志乃は自分に遠慮なく芝居の話を続けて欲しいとお願いしている。特に女形《おんながた》の話が志乃は好きだ。聞いていると、うなじが少しこそばゆい。

燕弥は自身のお名残芝居が終えてすぐ、舞台を降りることを撤回した。それから暫《しばら》く女形を続けた後、ところてんに当たってぽっくり死んだ。額から湯気が出そうなほど暑い八月のこと、三日三晩吐き下し、高熱で逝った。

葬場で善吉は子供のようにわんわん泣いた。仁左次は一切姿を現さなかった。

そのすぐ後に、志乃が、ある一人の可憐《かれん》な女形を無理やり舞台に立たせて死に至らしめた悪女房であったとの読売が江戸中に配られた。その読売は大層人気が出て、なんと二ヶ月前には、志乃が芯《しん》に置かれた芝居が興行されたのだ。人入りはどうやら上々で、燕弥役の役者贔屓《びいき》の女子《おなご》たちが泣きながら、志乃の家へ怒鳴り込んできたこともあった。

志乃は芝居の初日、家で泣いた。燕弥が芝居に係っていることがひどく嬉《うれ》しくて、よかったですね、よかったですね、と話しかけるようにして泣いた。

志乃、と呼ばれる声に、我に返る。

「寂《さみ》しいのかい」とお富が聞いた。

「いいえ」と志乃は答えるが、二人はちっとも信じてくれない。

あの人は志乃に、武家の女たちを沢山残してくれた。あの人は志乃の中で生き続けている。志乃は紅を入れた口を開く。

「だって私はいつだって、あの人に会うことができるんですもの」

ねえ、お前様。

志乃の指先で、うなじで、唇の上で。赤の着物の裾《すそ》をひらめかせ、お姫様《ひいさま》たちはくすくすと笑っている。

解説

豊崎《とよざき》由美《ゆみ》（書評家）

スターダムを駆け上がるとはこのことか。２０２０年、第11回小説 野性時代新人賞を受賞したデビュー作『化け者心中』で、第10回日本歴史時代作家協会賞（新人賞）と第27回中山義秀文学賞を受賞。22年に発表した『おんなの女房』で、第10回野村胡堂文学賞と第44回吉川英治文学新人賞を受賞。24年には『万両役者の扇』で第15回山田風太郎賞を受賞。デビューしてまだ4年にもかかわらず、活躍と成長めざましい小説家が蝉谷《せみたに》めぐ実《み》なのである。

わたし自身、『化け者心中』を読んだ時は瞠目《どうもく》した。江戸文政期の芝居小屋「中村座」に集まった6人の役者たちの前に生首が転がり落ちる。ところが、頭を失った者はいない。殺された誰かを鬼が乗っ取ったのではないか。そんな怪事件を、事故がもとで両足を失った元人気女形《おやま》の田村《たむら》魚之助《ととのすけ》と鳥屋を営む青年の藤九郎《ふじくろう》が解き明かす、歌舞伎＋ホラー＋ミステリー＋バディものの時代小説。いくつもの読みごたえを備えた傑作をたずさえて現れた新人に目を瞠《みは》ったのは、もちろんわたし一人ではない。大勢の評者がその登場を言祝《ことほ》ぎ、絶賛を寄せたのである。

2作目となるこの『おんなの女房』もまた然り。歌舞伎のことは何ひとつ知らないまま、父に命じられて江戸三座のひとつ「森田座」で人気急上昇中の若女形・喜多村《きたむら》燕弥《えんや》のもとへ嫁いだ武家の娘・志乃《しの》が自分のレゾンデートル（存在理由）を探す過程を描いて、さまざまな思いや感情を喚起する豊かな物語になっているのだ。

武家の娘として家父長制の考えに染まりきり、〈夫に従い、夫のために行動をする。飯をつくり、汚れ物を洗い、温く柔らかい肉で夫の労をねぎらって、ぽんぽん子を産む生きもの〉でなければと思っているのに、木挽《こびき》町の夫の家に移り住んでふた月が経っても志乃は〈己の尻を落ち着ける場所が分からない〉。〈なぜってこの人が、常に女子の姿でいるからだ〉

そう、燕弥は日常も〈姫様〉として生きるタイプの女形だったのだ。しかも、その時々に演じる役を自身に〈漬け込んでしまう〉憑依《ひょうい》系。家の中に自分より美しく、自分よりよほどたおやかな女がいる。〈ならば、私はなんのためにこの家にいるのだろうか。私の価値は一体どこにある〉。危うし、志乃のアイデンティティ！　実際、燕弥が志乃をめとったのは、歌舞伎に登場する武家の娘をリアルに演じたい一心から。

そしたら〈化粧も知らず、親の言いつけのみを守り、礼やら忠やらそんなことばかり考えている、いい女〉が自分のもとにやってきた、ラッキー。燕弥のそんな本心を知っても、しかし、志乃は意気消沈したりしない。〈ここにいて良い理由を、夫自らが教えてくれた。志乃が武家の娘としての価値で買われたというならば、志乃は武家の娘として生きればいい。なんてぇわかりやすいこと。なんてぇ道理が通っていること〉と、ほっとするのである。

まずはこんなアイデンティファイから、志乃の「おんなの女房」生活の幕は開ける。この自己規定が二転三転していくさまを、歌舞伎の人気演目の物語と燕弥が演じる姫様の役柄をバックグラウンドにしながら描いていくのが、本作の妙味のひとつなのだ。

しかし、志乃の価値観を揺さぶってくるのは歌舞伎と燕弥だけではない。役者の女房仲間もまた、なのである。森田座の名題役者・初野《はつの》寿太郎《じゅたろう》の女房・お富《とみ》。上背があってぱっきりとした美女でありながら、志乃を自分の宿（夫）の密通相手だと勘違いして大騒ぎするようなかなりガサツな女性だから、志乃も初めのうちは辟易《へきえき》して「はしたないにもほどがあります！」と叱り飛ばす。でも、〈この人は女のおぞましい部分を隠そうとしない。その心の持ち様がなぜだか志乃を苛々《いらいら》とさせる〉、つまり嫉妬《しっと》を隠そうともせず芝居小屋にまで乗り込んでいくお富の真っ直ぐさを、心の奥底では羨《うらや》ましいと思ってしまうのだ。

森田座の座頭・駒髙屋《こまだか》理《り》右衛《え》門《もん》の女房・お才《さい》もまた志乃とは異なる価値観で生きる女性だ。見目は良くないものの、常に冷静沈着。理右衛門に「これは」と思う妾《めかけ》をあてがい、その妾が弟子と欠落ち（駆け落ち）すれば、意気消沈する亭主のために探し出す。嫉妬など一切しない。

〈いい？　あたしは寿太郎の女房なの。役者っていうのは、寿太郎をつくっている要素の小さなひとつでしかないわ。だからあたしは芝居の仕来りとか役者の習いとかそんなもの守らない。だってあたしは寿太郎の女房だもの〉と言い放つお富。〈わては理右衛門はんに嫁いだんやない。わてはあの人の芸に嫁いだんや。あの人の芸を盛り立てていけんのは、わてしかおりまへん〉と胸を張るお才。志乃はこの正反対の女房観を持つ2人に刺激を受け、しょせん武家の娘だから買われた女なのだというこわばった自己認識を少しずつほぐしていく。

その変化を描いていく中、歌舞伎というボーイズクラブからはじき出されることの寂しさや、燕弥が男女の間柄を演じる名題役者・木嶋仁左次《きじまにさじ》に覚える悋気《りんき》、女形としての燕弥を支えたい思いと男の燕弥を求める気持ちの間で激しく揺れる心といった、志乃の在りようを繊細に描き出す筆致が見事な上にも見事な小説になっているのだ。

変わっていくのは志乃ばかりではない。燕弥もまた以前の「姫様」然とした、芸道を極めようとするエゴイストのたたずまいを変化させていってしまう。往来で出会った仁左次が志乃を突き飛ばしてしまった際に思わず出た、〈なにしやがんでぇ〉という男言葉。燕弥の中に育っていった志乃への愛情が、燕弥の中の女を削いでいってしまうのだ。

〈そういう夫婦の仲だの情だのが、女形としての燕弥を潰《つぶ》すことになるんだぜ！〉と責める仁左次。以前は野犬のように牙《きば》を剝《む》いていた燕弥がよく笑うようになり、性根が丸くなったことを指摘し、〈圧倒的な才や圧倒的な美しさってのは、誰かを傷付けるものなんです。そいつで周りの人間に爪をかけて、引き摺り下ろさなければ、この世界では上り詰めることなんてできやせん〉〈最近の燕弥さんは、爪を立てる気概を失ってしまっている〉と告げる奥役（役者の世話役）の善吉《ぜんきち》。

〈最初は女同士、友の如く思っているだけだと思っていた。ただ、お前と過ごすうちに俺は男の地金が出るようになった。気づいた時にはもう遅い。俺は男として、夫としてお前を好きだと思ってしまっていた〉と告白しながらも、〈俺は女形でいたい〉と嗚咽《おえつ》を上げる燕弥。志乃は燕弥の自分への想いに喜びを覚えながらも〈私はこれで十分だ。燕弥が苦しんでくれたという記憶を胸の内に抱いて、生きていける。／私は女形の女房としてつとめを果たそう〉と決意するのである。

「武家の娘」から「女形の女房」へと自己認識を変化させていく展開を彩るのは、燕弥が演じる「一、時姫」(『鎌倉三代記』)「二、清姫」(『京鹿子娘道成寺《きょうがのこむすめどうじょうじ》』)「三、雪姫」(『祇園祭礼信仰記《ぎおんさいれいしんこうき》』)の物語。そして、最後に控えているのが「四、八重垣姫」(『本朝廿四孝《ほんちょうにじゅうしこう》』)だ。子をなせない燕弥とは別れろと迫る父親に抗して、志乃がこの演目をどう使うのかが味わいどころなのだけれど、作者はこの最終章にそれよりもっと大きな〝立ち回り〟を用意している。その立ち回りを前に、志乃は今度はどんな心境の変化を見せるのか、どんな自分を発見することになるのか。物語を最後まで読んだ時、本篇の前に置かれた森田座の木戸芸者による「呼込」の意味がわかり、立ち回りの後を描く「幕引」に胸打たれるはずである。

女形という存在を愛し、芸道を貫く者の覚悟とエゴと欠落と壮絶を描くことに長けた蝉谷めぐ実が、この作品では歌舞伎に直接たずさわることがかなわない女の言い分と思いと矜持《きょうじ》を、志乃、お富、お才を通して描き尽くしている。時姫、清姫、雪姫、八重垣姫という歌舞伎の演目の中でも強い姫の物語を扱うことで、志乃のみならず女性読者のことも励ましている。この作品に限っては主眼は女形じゃない、志乃という人物に女のいいところも悪いところも全部ひっくるめて味わわせるための物語なのだ。

役者の芸の真髄のみならず、女の真実も「虚実皮膜」にあるのかもしれない。そんなことを思わせてくれる小説なのだ。

【主要参考文献】
『戯場訓蒙圖彙』服部幸雄、国立劇場調査養成部芸能調査室編／日本芸術文化振興会
『増補役者論語』守屋毅編訳／徳間書店
『名作歌舞伎全集　第四巻』『名作歌舞伎全集　第五巻』『名作歌舞伎全集　第十九巻』
郡司正勝・山本二郎・戸板康二・利倉幸一・河竹登志夫監修／東京創元社
『女大学集』石川松太郎編／平凡社
『江戸時代の歌舞伎役者』田口章子／雄山閣出版
『江戸歌舞伎と女たち』武井協三／角川書店
『歌舞伎の男たち、女たち』丹羽敬忠／洋々社
『女のせりふ』馬場順／日本放送出版協会

早稲田大学文学学術院教授の児玉竜一先生に歌舞伎や当時の慣習等へのご助言をいただきました。謹んで御礼申し上げます。

本書は、二〇二二年一月に小社より刊行された
単行本を加筆修正のうえ、文庫化したものです。

おんなの女房《にようぼう》

蝉谷《せみたに》めぐ実《み》

令和7年 1月25日 初版発行

発行者●山下直久

発行●株式会社KADOKAWA
〒102-8177 東京都千代田区富士見2-13-3
電話 0570-002-301(ナビダイヤル)

角川文庫 24512

印刷所●株式会社暁印刷
製本所●本間製本株式会社

表紙画●和田三造

◎本書の無断複製(コピー、スキャン、デジタル化等)並びに無断複製物の譲渡および配信は、著作権法上での例外を除き禁じられています。また、本書を代行業者等の第三者に依頼して複製する行為は、たとえ個人や家庭内での利用であっても一切認められておりません。
◎定価はカバーに表示してあります。

●お問い合わせ
https://www.kadokawa.co.jp/ (「お問い合わせ」へお進みください)
※内容によっては、お答えできない場合があります。
※サポートは日本国内のみとさせていただきます。
※Japanese text only

©Megumi Semitani 2022, 2025 Printed in Japan
ISBN 978-4-04-115758-9 C0193

◇◇◇

角川文庫発刊に際して

角川源義

第二次世界大戦の敗北は、軍事力の敗北であった以上に、私たちの若い文化力の敗退であった。私たちの文化が戦争に対して如何に無力であり、単なるあだ花に過ぎなかったかを、私たちは身を以て体験し痛感した。西洋近代文化の摂取にとって、明治以後八十年の歳月は決して短かすぎたとは言えない。にもかかわらず、近代文化の伝統を確立し、自由な批判と柔軟な良識に富む文化層として自らを形成することに私たちは失敗して来た。そしてこれは、各層への文化の普及滲透を任務とする出版人の責任でもあった。

一九四五年以来、私たちは再び振出しに戻り、第一歩から踏み出すことを余儀なくされた。これは大きな不幸ではあるが、反面、これまでの混沌・未熟・歪曲の中にあった我が国の文化に秩序と確たる基礎を齎らすためには絶好の機会でもある。角川書店は、このような祖国の文化的危機にあたり、微力をも顧みず再建の礎石たるべき抱負と決意とをもって出発したが、ここに創立以来の念願を果すべく角川文庫を発刊する。これまで刊行されたあらゆる全集叢書文庫類の長所と短所とを検討し、古今東西の不朽の典籍を、良心的編集のもとに、廉価に、そして書架にふさわしい美本として、多くのひとびとに提供しようとする。しかし私たちは徒らに百科全書的な知識のジレッタントを作ることを目的とせず、あくまで祖国の文化に秩序と再建への道を示し、この文庫を角川書店の栄ある事業として、今後永久に継続発展せしめ、学芸と教養との殿堂として大成せんことを期したい。多くの読書子の愛情ある忠言と支持とによって、この希望と抱負とを完遂せしめられんことを願う。

一九四九年五月三日

角川文庫ベストセラー

化け者心中　蝉谷めぐ実

役者6人が新作台本の前読みに集まったところ、車座の真ん中に誰かの頭が転げ落ちてきた。鬼が誰かを喰い殺し、成り代わっている――。鳥屋の藤九郎は、元女形の魚之助とともに鬼探しに乗り出すことに。

悪玉伝　朝井まかて

大坂商人の吉兵衛は、風雅を愛する伊達男。兄の死により、将軍・吉宗をも動かす相続争いに巻き込まれてしまう。吉兵衛は大坂商人の意地にかけ、江戸を相手の大勝負に挑む。第22回司馬遼太郎賞受賞の歴史長編。

商売繁盛 時代小説アンソロジー　朝井まかて・梶 よう子・西條奈加・畠中 恵・宮部みゆき 編／末國善己

宮部みゆき、朝井まかてほか、人気作家がそろい踏み！ 古道具屋、料理屋、江戸の百円ショップ……活気溢れる江戸の町並みを描いた、賑やかで楽しい〝お店〟小説の数々。

青を抱く　一穂ミチ

水難事故で2年間目を覚まさない弟の世話をするため、海辺の実家に戻った泉。日課となった海岸での散歩中、弟にそっくりな男、宗清と出会う。宗清のストレートな好意に反発しつつも惹かれていく泉は……。

天地雷動　伊東 潤

信玄亡き後、戦国最強の武田軍を背負った勝頼。信長、秀吉ら率いる敵軍だけでなく家中にも敵を抱え苦悩するが……かつてない臨場感と震えるほどの興奮！ 熱き人間ドラマと壮絶な合戦を描ききった歴史長編！

角川文庫ベストセラー

西郷の首　伊東潤

西郷の首を発見した軍人と、大久保利通暗殺の実行犯は、かつての親友同士だった。激動の時代を生き抜いた二人の武士の友情、そして別離。「明治維新」に隠されたドラマを描く、美しくも切ない歴史長編。

家康謀殺　伊東潤

ついに家康が豊臣家討伐に動き出した。豊臣方は自分たちの命運をかけ、家康謀殺の手の者を放った。刺客は家康の輿かきに化けたというが……極限状態での情報戦を描く、手に汗握る合戦小説!

疾《はや》き雲のごとく　伊東潤

家族を斬って堀越公方に就任した足利茶々丸は、遊女と赴いた秘湯で謎の僧侶と出会う。果たしてその正体とは……関東の覇者・北条一族の礎を築いた早雲。風雲児の生き様を様々な視点から描いた名短編集。

光秀の定理　垣根涼介

牢人中の明智光秀が出会った兵法者の新九郎と、路上で博打を開く破戒僧・愚息。奇妙な交流が歴史を激動に導く。光秀はなぜ瞬く間に出世し、滅びたのか……「定理」が乱世の本質を炙り出す、新時代の歴史小説!

信長の原理 (上)(下)　垣根涼介

信長は、幼少から満たされぬ怒りを抱え、世の通念に疑問を抱いていた。破竹の勢いで織田家の勢力を広げる信長はある日、どんなに兵団を鍛え上げても、能力を落とす者が必ず出るという〝原理〟に気づき――。

角川文庫ベストセラー

葵の月　梶よう子

徳川家治の嗣子である家基が、鷹狩りの途中、突如体調を崩して亡くなった。暗殺が囁かれるなか、側近の書院番士が失踪した。その許嫁、そして剣友だった男は、それぞれの思惑を秘め、書院番士を捜しはじめる——。

お茶壺道中　梶よう子

優れた味覚を持つ仁吉少年は、〈森山園〉で日本一の葉茶屋を目指して奉公に励んでいた。ある日、番頭の幸右衛門に命じられ上得意である阿部正外の屋敷を訪ねると、そこには思いがけない出会いが待っていた。

三年長屋　梶よう子

ゆえあって藩を致仕した左平次は、山伏町にある三年長屋の差配を勤めることに。河童を祀るこの長屋には3年暮らせば願いが叶うという噂があった。おせっかいの左平次は今日も住人トラブルに巻き込まれ……。

龍華記　澤田瞳子

高貴な出自ながら、悪僧（僧兵）として南都興福寺に身を置く範長は、都からやってくるという国検非違使別当らに危惧をいだいていた。検非違使を阻止せんと、範長は般若坂に向かうが——。著者渾身の歴史長篇。

稚児桜　能楽ものがたり　澤田瞳子

清水寺の稚児としてたくましく生きる花月。ある日、自分を売り飛ばした父親が突然迎えに現れて……（表題作「稚児桜」より）。能の名曲から生まれた珠玉の8作を収録。直木賞作家が贈る切なく美しい物語。

角川文庫ベストセラー

君を恋ふらん　源氏物語アンソロジー
澤田瞳子、瀬戸内寂聴、田辺聖子、永井紗耶子、永井路子、森谷明子　編／末國善己

権力者たちの陰謀と美しい男女の情愛が複雑に絡み合う平安時代。1000年の時を経て人々を魅了し続ける『源氏物語』の世界を、歴史小説の名手たちが巧みな筆で浮き彫りにした。澤田瞳子、永井紗耶子ほか。

青山《せいざん》に在り
篠　綾子

川越藩国家老の息子小河原左京は、学問と剣術いずれにも長けた13歳の少年。彼はある日城下の村の道場で自分と瓜二つな農民の少年、時蔵に出会う。この出会いが、左京の運命を大きく動かし始める——。

義経と郷姫
篠　綾子

頼朝の命により、初恋を捨て義経の許へ嫁いだ郷姫。ともに平泉の地で死ぬまでの5年間、彼の正妻として、戦乱の世を気高く懸命に生きぬいた。歴史に隠された1人の女性の生涯を描く、心揺さぶる時代長編。

天穹の船
篠　綾子

江戸末期、船大工の平蔵は難破したおろしあ人の船造りを請け負う。技術を盗むためと渋々造船に携わるが、彼らの温かい心に触れ友情を育み始める。しかし攘夷派が彼らの命を狙っていた。激動の幕末時代小説。

散り椿
葉室　麟

かつて一刀流道場四天王の一人と謳われた瓜生新兵衛が帰藩。おりしも扇野藩では藩主代替りを巡り側用人と家老の対立が先鋭化。新兵衛の帰郷は藩内の秘密を白日のもとに曝そうとしていた。感涙長編時代小説！

角川文庫ベストセラー

はだれ雪 (上)(下)　葉室　麟

浅野内匠頭の〝遺言〟を聞いたとして将軍綱吉の怒りにふれ、扇野藩に流罪となった旗本・永井勘解由。若くして扇野藩士・中川家の後家となった紗英はその接待役を命じられた。勘解由に惹かれていく紗英は……。

天翔ける　葉室　麟

幕末、福井藩は激動の時代のなか藩の舵取りを定めきれず大きく揺れていた。決断を迫られた前藩主・松平春嶽の前に現れたのは坂本龍馬を名のる1人の若者。明治維新の影の英雄、雄飛の物語がいまはじまる。

青嵐の坂　葉室　麟

扇野藩は財政破綻の危機に瀕していた。中老の檜弥八郎が藩政改革に当たるが、改革は失敗。挙げ句、弥八郎は賄賂の疑いで切腹してしまう。残された娘の那美は、偏屈で知られる親戚・矢吹主馬に預けられ……。

洛中洛外をゆく　葉室　麟

『蜩ノ記』や『散り椿』など、数々の歴史・時代小説で読者を魅了し続けた葉室麟。著者の人生観や小説観を掘り下げ、葉室文学の深淵に迫る。作品の舞台となった京都の名所案内も兼ねた永久保存版！

山流し、さればこそ　諸田玲子

寛政年間、数馬は同僚の奸計により、「山流し」と忌避される甲府勝手小普請へ転出を命じられる。甲府は城下の繁栄とは裏腹に武士の風紀は乱れ、数馬も盗賊騒ぎに巻き込まれる。逆境の生き方を問う時代長編。

角川文庫ベストセラー

めおと　諸田玲子

小藩の江戸詰め藩士、倉田家に突然現れた女。若き当主・勇之助の腹違いの妹だというが、妻の幸江は疑念を抱く。「江戸褄の女」他、男女・夫婦のかたちを描く全6編。人気作家の原点、オリジナル時代短編集。

青嵐　諸田玲子

最後の侠客・清水次郎長のもとに2人の松吉がいた。一の子分で森の石松こと三州の松吉と、相撲取り顔負けの巨体で豚松と呼ばれた三保の松吉。互いに認め合う2人に、幕末の苛烈な運命が待ち受けていた。

楠の実が熟すまで　諸田玲子

将軍家治の安永年間、京の禁裏での出費が異常に膨らみ、経費を負担する幕府は公家たちに不正があるのではないかと睨む。密命が下り、御徒目付の姪・利津が女隠密として下級公家のもとへ嫁ぐ。闘いが始まる！

梅もどき　諸田玲子

関ヶ原の戦いで徳川勢力に敗北した父を持ち、のちに家康の側室となり、寵臣に下賜されたお梅の方。数奇な運命に翻弄されながらも、戦国時代をしなやかに生きぬいた実在の女性の知られざる人生を描く感動作。

奸婦《かんぷ》にあらず　諸田玲子

その美貌と才能を武器に、忍びとして活躍する村山たかは、ある日、内情を探るために近づいた井伊直弼と思わぬ恋に落ちる。だが2人は、否応なく激動の時代に呑み込まれていく……！　第26回新田次郎文学賞受賞作！